Unraveling the Mystery of Beatrix Potter

ビアトリクス・ポターの謎を解く

Masami Usui
臼井 雅美

英宝社

ニア・ソーリー村のカースル・コテージ

ニア・ソーリー村へのフットパス

レイ城

ポターが滞在したダーウェント湖のリンゴルム・エステイト

ポターがよく訪れたウィンダミアのホルハード・ホール

ニア・ソーリー村のヒル・トップ

目次

ニア・ソーリー村のヒル・トップの庭

はじめに

「・・・私の人生哲学は
今という時に最善を尽くすことです。」

この一文は、絵本作家ビアトリクス・ポター（*Beatrix Potter*）の言葉である。一九二二年七月二十九日付で、ポターが夫ウィリアム・ヒーリスの姪シルビー・ヒーリスへ宛てた手紙の中で、書いたものである。

この当時、ポターはすでに父を亡くし、未亡人となった高齢の母とウィリアムの病気の兄を引き取り、その介護に追われる日々を送っていた。その多忙な生活の中で、日常の出来事を報告しながら、若い姪へメッセージを送っている。

その時、彼女自身、すでにピーターラビットのおはなしシリーズで、絵本作家として世界的名声を得ていた。

しかし、ポター自身は五十六歳となり、視力の低下と若い頃からの持病に悩んでいた。もう以前のように絵本の新作に取り組む意欲も失っており、夫との農場経営と農地購入を生活の中心に置いていていた。

そして、彼女はこの後、二十一年間も生きるのである。それも、老々介護で両親も、ウィリアムの兄も看取り、そして目標としていた周囲の広大な土地の購入も終え、それら全て――四千エーカーと十五の農家――をナショナル・トラストへ寄付するという遺言を残し、人生の終活を全うすると、七十七歳でこの世を去った。

その七十七年の間、ビアトリクス・ポターは、様々な困難に遭遇し、その度に悩みつつも立ち向かっていった。

ビアトリクス・ポターはスーパーウーマンだったのだ。しかし、彼女がスーパーウーマンになるまでには、数多くの困難と挫折があった。

ポターは、一八六六年、ヴィクトリア時代に生まれ、第一次世界大戦と第二次世界大戦中を生き、そして終戦を待つことなく、一九四三年に亡くなった。

その彼女の人生の謎を、作品、手紙や日記、そして様々な人が描いてきたポターに関する文献から、紐解いてみたい。

この本を、今悩んでいる若い人にも、人生の中盤で立ち止まってしまった人にも、そして終活を迎えている人にも読んでほしいと願っている。

そのため、学術的な引用等はできるだけ避けた。最後に、ポターの作品、ポターに関する参考文献、周辺領域の参考文献を列挙させていただいた。

第一章　ビアトリクス・ポターの秘密の箱
『妖精のキャラバン』と『妹アン』における人生逃避行

ピーターラビットの生みの親であるビアトリクス・ポターの一生は謎に包まれている。ポターのベールを少し外しただけで、様々な側面が浮き彫りとなる。少女時代はイモリや蛇などの小動物を飼うだけでなく、その死体の解剖が大好きだった。さらに、大人になるにつれ、政治批判や美術批評を行う毒舌家となっていった。そして、亡くなる前、ニア・ソーリー村の子供たちやご近所さんには、口うるさいお婆さんとして覚えられていた。

ポターの多面性は、ニア・ソーリー村で農婦となった後の作品にも表れている。人生の後半に入り彼女が書き残した『妖精のキャラバン』と『妹アン』は、あまり知られていない作品である。一般に、これらの作品は評価も低く、忘れ去られた作品と言ってもよい。しかし、この二作品には、ある意味、ポターの人生の最後のメッセージが隠されている。

それは、人生の逃避行である。

『妖精のキャラバン』は、イギリス湖水地方を舞台に、動物たちのサーカス団が旅を続ける長編ファンタジーである。しかし、そこには、本人も自叙伝的であると認めているように、ポターの謎が隠されているのだ。

この作品は、毛がぼうぼうに伸びてしまったモルモットのタッペニーが家出をしてサーカス団に入ったことから話が始まる。家出と放浪のおはなしなのである。

また、『妹アン』は、シャルル・ペローの「青髭」をモチーフにした小説である。青髭が七人の妻を次々と殺し、八人目の新妻を監禁して、彼女が約束を破り、前妻たちの死体がある秘密の部屋を鍵で開けたことを知り殺害しようとするが、最後には新妻の兄たちに殺される話である。ポター版の特徴は、妹が救世主として登場し、新妻と妹アンの存在が強調され、しかもねずみの語りになっていることである。

これらの二作は、ポターが創り上げた「おはなし」の世界とは全く異なるものであった。ビアトリクス・ポターという名前は、すでにあまりにも多くの神話を生み出してしまっていたのだ。

ピーターラビットといえば誰でも聞いたことがあるうさぎのキャラクターである。

そのピーターは、『ピーターラビットのおはなし』から飛び出して、マグカップに描かれたり、鉛筆の絵柄になったりと大活躍である。カレンダーにもなり、ぬいぐるみにもなって、子供たちだけでなく、世界中のピーターラビットのファンを楽しませてくれている。

しかし、ポターの人生はそんなに単純なものではなかった。生前からポターに関する研究も盛んで、一般読者から精神分析医までが、ポターを語ってきた。一九八〇年にはビアトリクス・ポター・ソサエティが設立された。その流れの中で、二〇〇六年には、若い頃のポターのロマンスに焦点を当てた映画『ミス・ポター』が公開され、一般の現代人の関心がやっと著者の人生にたどり着きつつあると言えよう。

ポターは、絵本作家として成功しただけでなく、イギリス湖水地方の自然景観を守る大きな役割を果たし、ニア・ソーリー村にあるポターの農場ヒル・トップは湖水地方観光のメッカとなっている。しかし、その後、ポターが科学者であり、ビジネスウーマンであり、農婦であり、羊のブリーダーであり、また改革者であったことが明らかにされてきた。

ポターは、伝記作家にとっても魅力的な逸材であり続けている。ポターが亡くなって三年後の一九四六年には作家のマーガレット・レインがポターの伝記を出版している。その後、ポターの研究家ジュディ・テイラーや伝記作家アンドリュー・ノーマンによる伝記も出版された。子供向けに編集されたポターの伝記も多くある。

また、ポターが残した日記と手紙の出版は、ポターを知る上で極めて重要である。ポター関連資料の収集家であり研究者として知られているレズリー・リンダーが、ポターが若い頃に暗号で書き残した日記の解読に成功した。一九六六年には日記の抜粋が出版され、一九八九年には日記全てを入れた改定版が出版された。

また、手紙に関しては、ジュディ・テイラーが編纂した書簡集をはじめ、ポターのおはなしのルーツとなったポターが子供たちに送った絵手紙集、また晩年アメリカの知人たちに送った書簡集などが編集されて出版されている。今後も未出版のポターの手紙が出版される可能性があるのではないだろうか。

これだけの資料が揃ってきても、ポターの人生の謎にはたどり着けない。彼女が絵本の創作に本格的に関わったのは、三十六歳から四十八歳頃、即ち一九〇一年から一九一三年までの約十二年間でしかない。三十六歳になるまでは、ポターは何を考え、何をしていたのか？　また、彼女はその創作活動と入れ替えるように、湖水地方での農場経営に力を注ぐようになる。ポターは、四十六歳で結婚し、夫と共に農場を経営するだけでなく、この地方の羊ハードウィック種の繁殖と農牧業の発展に尽力し、次々に土地や農場を購入して大地主になっていった。

一八六六年、ヴィクトリア女王の時代にロンドンで生まれたポターは、第二次世界大戦の真っただ中、一九四三年に、湖水地方ニア・ソーリー村の愛宅カースル・コテージで息を引き取る。病弱とされ過保護に育てられたポターは、七十七歳まで生き伸びた。

ポターの七十七年間はどんな人生だったのか？　晩年のポターを記したジョン・ヒーリスによる『ミセス・ウィリアム・ヒーリス—ビアトリクス・ポター』の中にはポターの知られざる一面が記されている。また、ポターの従妹であるレイディ・ウラ・ハイド・パーカが記した回想録では、ポターには同じ価値観を持ち共に歩んだ夫のヒーリスにも決して触れることができない、心の奥深くにしまわれた部分があったことが語られている。

そして、何よりも、ポターの心の深淵は、最後にポターが出版した二作に隠されているのではないだろうか。

一九二九年にアメリカで出版された『妖精のキャラバン』と一九三二年出版の『妹アン』は、児童文学作品ではないと批判されてきている。しかし、元々、ポターの創作が児童文学に限られていたわけではない。ポター自身、児童文学作家になりたくてなったわけでもない。

一九三〇年六月二十二日の『ニューヨーク・タイムズ』では、『妖精のキャラバン』は、若い読者に向けて創作された絵本ではなく、大人と子供両方に書かれたものだと評されている。また、イギリスで出版された時の『スペクテイター』一九五二年の書評では、幼児期にさよならをして成長した子供に向けての本ではあるが、その語彙の難解さが問題だと指摘されている。

特に、ポターの元ガヴァネスであり、自分の子供たちに送られてきたポターの絵手紙の出版を勧めたアニー・ムーア（旧姓アニー・カーター）は、『妹アン』に失望したとされている。

この時点で、ポターは『ピーターラビット』の絵本作家としてのレッテルを貼られ、それ以外の作品を書くことは読者を失望させることでしかない状態になっていたのだ。

一九二九年に『妖精のキャラバン』を出版する際、ポターは、イギリスの出版社ではなくアメリカのディヴィッド・マケイ社に依頼している。

それまでポターの作品は、フレデリック・ウォーン社から出版されていた。それは、ポターの作品を最初に世に出し、育ててくれ、さらに婚約直後に三十七歳で亡くなった編集者ノーマン・ウォーンへの忠誠心からくるものであったという。フレデリック・ウォーン社が倒産の危機に陥った時も、彼女は見捨てることはしなかった。

しかし、『妖精のキャラバン』をイギリスで出版することに、ポターは大きな不安を抱いていた。それは、話の内容があまりにも自叙伝的で、プライバシーに関わるからであった。
一九二九年二月二十日付のマケイ社のアレグザンダー・マケイへの手紙の中で、ポターは次のように述べている。

この本の内容すべてをイギリスで出版したくないのです。特に今年は。本当は、まず自費出版を望んでいます――そして、出版に値するかどうか確かめたいのです。

さらに、一九二九年三月二十八日付のマケイへの手紙の中で、ポターは、「ロンドンでこの本を出版することは恥ずかしい」とまで告白し、マケイ社から『妖精のキャラバン』の製本されていない百部を送ってほしいと懇願している。ポターは、その原稿の最初の十八頁を廃棄して別の頁と差し替え、アンブルサイドの小さな印刷屋ジョージ・ミドルトンで製本し、イギリスでのコピーライトを登録すると、その百部は親せきや友人に配っている。
コピーライトの登録を忘れないのは、ビジネスにたけていたポターらしい。以前フレデリック・ウォーン社がアメリカでの出版に際し、コピーライトの登録を忘れており、ポターに印税が入らなかったという苦い経験もあったからであろう。

この自費出版された『妖精のキャラバン』は、挿絵もない簡素な表紙であるが、現在、オークションでは高値で取引されている。イギリス版が出版されたのは、ポターの死後、一九五二年のことだった。フレデリック・ウォーン社から出版されている。

この『妖精のキャラバン』を巡る出版話は、ポターに後味が悪い結果をもたらした。それまでポターの出版を一手に引き受けてきたフレデリック・ウォーン社からポターは不愉快と彼女自身が形容する手紙を受け取ることになる。フレデリック・ウォーン社は事業を拡大した時にアメリカ支社も設立しており、ポターの行為を裏切りとして捉えていたようだ。しかし、ポターから見れば、ポターは絵本作家として稼ぎ頭であり、収益が見込めないものをフレデリック・ウォーン社が出版するはずがないという思いもあったのだ。

そこまでしても、ポターは『妖精のキャラバン』を出版したかったのである。

この作品が、ポターが最後に執筆とイラスト作成に関わった作品の一つとなったのは、健康上のこと、特に視力の低下が原因と考えられている。

ポターは、一九一二、三年頃から体調不良で筆が進まないことを編集担当のハロルド・ウォーンに繰り返し告げ、理解を求めている。フレデリック・ウォーン社では、売れっ子のポターに何とか新しい作品を書いてほしい一心なのだが、ポターはその期待に添えないことを何度も手紙に書き残している。

一九一四年二月二十三日、ポターは「三軒の家」の世話で忙しいとハロルドへの手紙に記している。それは、ロンドンに住み休暇で湖水地方にやって来る高齢の両親の世話や介護に加え、ウィリアムとの結婚、ヒル・トップからカースル・コテージへの引っ越しなどで、てんてこ舞いであったのだ。そして、同年五月に父親のルパートが亡くなる。八十一歳だった。ポターは、この時、すでに四十八歳になっていた。

さらに一九一四年、第一次世界大戦の勃発による経済の悪化などで、フレデリック・ウォーン社からの入金が滞り、ポターは新居に使うお金の工面に追われる。

そして、一九一五年頃から、視力の低下を訴え始め、細かなスケッチができないこと、色付けがうまくできないことを理解してほしいとハロルドへの手紙で何度も述べている。

この頃、ポターは、従妹のエディス・ガダムと共に数年かけて家系図づくりを行ってきていた。それは、一九二二年には完成し、ポターは、自分の人生のまとめに入っていた。

さらに、『妖精のキャラバン』の出版準備をしながら、同時に絵のアシスタントを探していることを、マケイとの手紙の中で書き記している。

最後に、自分の手でイラストも描いて、この物語を完成させたかったのだ。

『妖精のキャラバン』と『妹アン』の出版が終わった一九三二年、母ヘレンが亡くなる。九十三歳の大往生であった。子供時代にはポターを支配し続け、そして高齢になるとポターに全面的に頼っていた母がついにこの世からいなくなり、ポターは初めて自由を実感することになる。この時、ポターは六十二歳であり、自らの老年期を迎えていた。ポターは、老々介護に明け暮れる中で、自分の人生の最後の声を探していたのだ。

さらに、父の死と母の死との間に、ポターは若い頃からの良き理解者であった弟のバートラムを一九一八年に亡くしている。彼は、両親の期待を受けてオックスフォード大学に進学し無事卒業するも、大きな功績は何も残せなかった。スコットランドに移住して、労働者の娘と極秘結婚し、農夫になっていたのだ。両親には勘当され、最後はアル中になり、それが彼の死期を早めたとされている。

ポターは、生涯、忠実な娘として常に両親の要望に応え、超高齢化していく両親の介護に従事し、看取った。その上に、牧師職を退いて病に伏していた夫ウィリアムの兄を、一九二二年、カースル・コテージに引き取り、亡くなる一九二六年まで面倒をみている。

このような中で創作されアメリカで出版された『妖精のキャラバン』と『妹アン』は、ポターが最後に書き残したかった自らの手記ではないか。

特に、『妖精のキャラバン』では、家出したくてもできなかった人生、もっと自由に放浪したくてもできなかった人生を、表現しているのだ。

ママレードの町を飛び出して、毛がぼうぼうで誰かわからないほどのタッペニーを受け入れてくれたサーカス団、そして仲間たちとの暮らしは、ポターがどんなことをしても手に入れることができなかったものである。

さらに母親が亡くなる直前に出版が決まった『妹アン』は、イラストをアメリカ人画家のキャサリン・スタージスに依頼することになり、アメリカのみでの出版となった。この作品は不評で、売れることも論じられることもほとんど無く、ポターの作品の中では忘れられた作品である。

この話は、シャルル・ペローの「青髭」をモチーフに描かれた作品である。「青髭」をモチーフにした作品は、小説、劇、オペラ、オペレッタ、映画に至るまで数多く出ており、ポターの時代には、すでにディケンズやサッカレーの長女アン・サッカレー・リッチーなどが短篇を発表していた。そして、興味深いことに、二十世紀になると、ユードラ・ウェルティー、アンジェラ・カーター、マーガレット・ドラブル、ジョイス・キャロル・オーツなどの女性作家たちが、こぞって「青髭」を翻案して、新たな作品を生み出した。

ポターの『妹アン』がこの一連の流れの中で作成されたことを考えると、この作品を無視することはできない。

ポターの『妹アン』の再評価は始まったばかりであるが、ポターはねずみというアングルから、ヴィクトリア時代の女性の人生を語りたかったと考えられる。新妻と妹アンは、まるでポターとムーアのように固いきずなで結ばれ、互いに助け合う。青髭が兄たちに退治された後、新妻は自立し、再婚するのである。

ポターが若い頃を振り返る時には、常に閉じ込められた自我に至ったと考えられる。中流家庭の中での限られた生活と両親との確執は内的葛藤を生んだ。また、ノーマンとの恋と別れ、そして植物学での道が断たれたこと、『ピーターラビットのおはなし』が最初はどの出版社からも断わられたことなど、自分の意思や感情を抑えなければならない数々の困難に直面したこともあった。自立を試みると、そこには常に男性中心主義社会が壁となって立ちはだかっていた。しかし、ポターは経済的自立を果たし、良き理解者とも巡り会い人生の最後を送ることができた。

一九三二年十二月十八日付のマケイへの手紙の中で、ポターは『妹アン』のイラストの出来に満足したことを述べた後で、次のような文面で手紙を終えている。

あなたとあなたのご家族にクリスマスをお祈りします。でも、私はそうはまいりませんの。高齢の母が、死の床で葛藤していますので。昨日は昏睡状態でした。なのにその後、突然お茶が欲しいと言いますの。もう見込みはありません。時折、ひどく苦しみます。でもそれもすぐに終わるのではと願っています。母は、何歳であれ――九十三歳になっても、人並外れた生命力に満ちているのです。

ポターは、『妖精のキャラバン』と『妹アン』において、『ピーターラビットのおはなし』を聞いて大きくなった子供たちに、次のステップのお話を描いたのだ。そしてそれは、自由や自律が得られなかった自分の人生を顧みながら、子供たちの未来に託しているようでもあるのだ。

ポターの謎解きは、この後、始まる。

第二章　ポター家のルーツ探し

『グロスターの仕たて屋』と『ティギーおばさんのおはなし』における腕利き職人の世界

ポターは生涯、自分のルーツにプライドを持ち続けた。父方のポター家も母方のリーチ家も、綿工場を営む中流階級であり、そのルーツをたどると手仕事で綿製造していた職人であり、また行商人でもあった。

ポターの『グロスターの仕たて屋』と『ティギーおばさんのおはなし』には、勤勉に働く職人の姿が描かれている。

特に『グロスターの仕たて屋』はポターのお気に入りの作品で、亡くなる直前、一九四三年六月十二日付のエリザベス・ブースという女の子からのレターへの返事で、次の様に語っている。

・・・この仕たて屋のお店は昔のロンドンの町の家の絵から取ったものなの。今はもうないでしょうけれどね。グロスターがどうなったかは知らないわ。実は、私、グロスターとストラウドの間にあるコッツウォルド丘に住んでる従妹と一緒にいたことがあるのよ。もう、ずいぶんと昔のことだけれど。

ポターの中で、グロスターは常に生き続けていた。それは、彼女自身が人生の苦難を超えてきたことによるものではないだろうか。

この話は、実話に基づいていると言われており、仕たて屋の仕事を仕上げたのは、ねずみではなく弟子だとされている。また、ポターは、これをクリスマスの時期に設定し直している。

『グロスターの仕たて屋』は、勤勉だが貧しい町の仕たて屋が、クリスマスの日に結婚する市長の依頼で、豪華な婚礼の上着とチョッキを作ることから始まる。

豪華な布地を無駄なく裁断し、あとは縫い上げるだけとなった時に、ボタンホールの糸がひとかせ足りない状態で、仕立て屋は家に帰る。ある家の台所を間借りしている仕たて屋は、一緒に住む猫のシンプキンに四枚の硬貨を渡し、最後の一枚で糸をひとかせ買ってくるように使いに出す。

シンプキンが買い物に出ている間に、仕たて屋は、シンプキンが夕食にと捕らえていたねずみを逃がしてしまう。それを知ったシンプキンは、怒って、より糸を隠してしまうのだ。

疲れ果てた仕たて屋は、三日三晩病気で寝込んでしまう。その間に、ねずみたちがその衣装を縫い上げて、仕たて屋が戻った時には、ボタンホールの仕上げのみが残されていた。

その後も仕たて屋はすばらしい上着を作り、繁盛したということである。これは、逃がしてもらったねずみたちの恩返しの話であり、クリスマス・ブックにぴったりの最高のストーリーである。それと同様にこの話には、貧しくてもすぐれた技術を持って働く職人の姿が描かれている。

この話の中では、サテン、ポンパドール、ラストリンなどの布地のことが詳しく出てくる。それだけでなく、上着や裏地の色、詳細な刺繍の模様の事、またシニョール糸の飾りのことなどが丁寧に描かれている。それは、祖父でありキャラコプリントで大成功を収めたエドモンド・ポターの影響が大きいと思われる。

一八八〇年代のエドモンド・ポター株式会社の製品（シャツ）と布地のサンプルブックがダービーシャーで発見されて、カウンシル・レコード・オフィスで公開されている。その繊細さ、色彩の鮮やかさ、デザインの斬新さはすばらしい。これらは、エドモンド・ポターの伝記を書いていたアルデマン・G・H・ハースト・グロソップの寄贈品の中から発見された。これらの布地の柄は、「ポター」柄と一般に知られており、日本にも輸入されていたという。

そして何より仕たて屋は、年老いて貧しく、すっかりやつれており、同じ仕事を続けているために指が曲がっている。目も悪く、自分の服は擦り切れているが、無駄なく裁断し丁寧に縫製する技はすばらしい。この仕たて屋は、綿工業が機械化されるまでは、すべて手作業だったという産業革命までの労働者の姿であり、ポター家のルーツを表すものでもある。

ポター自身、祖父から送られてきた布地のサンプルで、人形の小さな服や本の表紙、また絵のフォールダーを作ったという。

一九〇三年、『グロスターの仕たて屋』が出来上がったあと、ポターは十二月にピーターラビットの人形をキャラコの布地でつくっている。

そして、お話の中で仕たて屋が繰り返し言うフレーズが、「切れ端は少ししか残さないよ、ねずみのショールかリボンぐらいにしかならないくらいにね」ということである。この切れ端で、ねずみたちはすてきなショール、そして子ねずみたちのリボンができるのであるから、ねずみたちは大喜びである。

ポターの祖父エドモンド・ポターは、ダービーシャーでキャラコのプリント生産で成功を収め、その業界では世界一のシェアを誇った。従弟との共同経営で、一代で巨額の富を築いたとされている。その精神性をポターは誇りに思い、『グロスターの仕たて屋』を作成したと思われる。

また、『ティギーおばさんのおはなし』には、動物たちが持ち込むどんな小さくてかわった洗濯物も引き受ける腕利きの洗濯屋さんが出てくる。失くした三枚のハンカチとエプロンドレスを探している小さな女の子ルーシーが、丘の上まで来て、渓谷のドアを開け、この丸っこくて小さいティギーおばさんの仕事部屋を発見する。

ティギーおばさんは、花柄とチェックのドレスをまくし上げ、縞模様のペチコートの上に大きなエプロンをして、キャップをかぶっている。

ティギーおばさんは、持ち込まれた洗濯物に合わせて、洗ったり、干したり、アイロンをかけたりと大忙しである。

ルーシーもお手伝いをして仕事を終えると、一緒にお茶をいただく。叔母さんの手は、ずいぶんと茶色で、石鹸でしわだらけなのである。それに、服やキャップのあちらこちらから針が出ている。

最後に、ティギーおばさんとルーシーは、皆に洗濯物を届けて回る。丘を下って配達を終え、ルーシーがさよならを言おうとするが、ティギーおばさんは丘に向かって走って行ってしまった。ルーシーの手元に残ったのは、ハンカチから作られたフリルのついた白いエプロンだけ。

そして、絵本の最後の挿絵には、ハリネズミが描かれている。洋服は着ていない。

「ルーシーはうたた寝していたのかしら？　これは夢の中のことだったのかな？　そして、ルーシーはハンカチとエプロンドレスを見つけたのかな？　でも、どうやって？　いえいえ、私はキャット・ヒルにはちゃんとドアがあることを知っているし、ティギーおばさんとはお友達なのよ」というポターのメッセージでおはなしは終わっている。

このティギーおばさんは、スコットランド人の洗濯職人キティ・マクドナルドがモデルと知られている。ポター一家がスコットランドに滞在していた時に働いていた女性で、ポターは晩年にも彼女のことを、「言いたいことは言う、独立心があり、誇り高く、そして真っ正直な」人だったと回想している。

このティギーおばさんのキャラクターは人気があり、グッズにも使われている。しかし、話自体に関しては、背景の単純さ、女性の家庭的な役割、ルーシーの挿絵の未熟さ、またストーリーの平坦さなどから、評価は低い。

しかし、ルーシーの三枚のハンカチとエプロンドレスは、ティギーおばさんが着ていたお洋服になっていたのでは？　と考えると、話は違ってくる。

三枚のハンカチが、無駄にされずに、いろいろな用途に応じた衣服に作り替えられたのだ。環境にやさしいリユースではないか。それも、ティギーおばさんはメインテナンスをきちんとするので、大切にされている。ルーシーが失ったハンカチは、次の役割をきちんと果たしていた。そして、ティギーおばさんは、針でいっぱいの体をかわいいハンカチで作った洋服で隠していたのだ。

さらに、洗濯という女性労働者階級が携わる仕事を克明に描いていることは、単にヴィクトリア時代の女性の領域を描いたのではなく、そこには、労働がある。しかも、ティギーおばさんは、単なる洗濯屋ではなく、「優秀な糊付け工（“excellent clear-starcher”）」だと自負しているようにその道のプロなのである。特にモスリンやテーブルクロスなどのしわを伸ばし、はりを効かせために、仕上げ剤として洗濯糊（starch）が伝統的に使われてきた。

ポター家もリーチ家も綿製造に関わったルーツを持つわけであるから、洗濯のプロの技には精通していたと思われる。また、それらの作業が、仕たて屋の仕事と同様に、労働者階級が汗水流して行ったものであることも、重要である。洗濯は、特に貧しい家の女性達が従事した。ティギーおばさんは、職人技を極めた人材なのである。

ポター自身、晩年、父方のポター家と母方のリーチ家の家系図づくりをしているが、古い時代にまで遡ることができなかった。

エドモンドの祖父は亜麻布の商人であり、エドモンドはキャラコプリントだけでなく、染色の工場も建てた。ポター一族は、布地のプロであり、ポターの作品に見られる布地やその扱い方などの知識や興味は、ここから生まれている。

その中で、明確なことは、ポター家もリーチ家も、産業革命がもたらした富により、中流階級に仲間入りした家系であることだ。ポター一家がマンチェスター出身であることを、ポター自身はかなり強く意識していた。アイリーン・ジョイの『ビアトリクス・ポターのマンチェスター・ルーツとアーミット・コレクション』は、「ビアトリクス・ポターは自分がマンチェスターにルーツがあることを誇りに思っていた」という一文で始まる。しかし、両親はマンチェスター出身ということにコンプレックスを抱き、ロンドンでの生活を好んだ。

十九世紀には現在のマンチェスターを中心に、ランカシャーでは綿産業が盛んとなり、多くの労働者たちがこの町にやってきた。この綿産業は、最初は手作業で行っていた地場産業が、機械化・工業化されて、大量生産が可能となり、この地方に大きな富をもたらす。

すでに財力があり勤勉なユニテリア派の家に、ポターの父ルパートは、一八三二年に誕生した。彼は、マンチェスターで生まれ、地元の学校からマンチェスター・ニュー・コレッジに進学する。

ルパートとその兄弟は皆、中流階級の出身でしかも反国教会派であったためにオックスフォード大学やケンブリッジ大学に入学することができなかったと言われている。

当時、新興の中流階級の子弟の多くは、産業革命時に創設された「レッド・ブリック」と呼ばれた市民のための職業訓練大学に進学した。彼らのほとんどは、ユニテリア派の牧師や新たな職業として確立された弁護士、医者、建築家、技術者などを目指すことになる。

ポターの父も弁護士を目指し、大学卒業後はロンドンに出て法学院に進み、バリスターの試験に合格している。

ポターの母方のリーチ家もまたランカシャー綿産業で栄えた一族で、マンチェスターの祖父母リーチ家の屋敷もまた当時知られた存在だった。

この頃の思い出は、ポターが暗号で残した日記に描かれているが、特にポターは祖母たちを非常に慕っていた。

ロンドンでは、両親は病気に感染しないようにと過剰なほどポターを家に閉じ込めてしまう。しかし、マンチェスターでは、初めてトラムに乗ったり、様々な人に出会っており、ポターは自分がマンチェスターでとても温かく迎え入れられると喜んでいる。

父のルパートの恩師で牧師として著名だったウィリアム・ギャスケルにもポターは会っている。妻で作家のエリザベス・ギャスケルはポターが生まれる前に亡くなっているが、マンチェスターのギャスケル宅にルパートは客人として招かれており、両家の親交は続いた。

この様に、ポターの両親はマンチェスターが故郷であり、そこで芽生えた家族や知人との交流は重要だったはずである。しかし、父ルパートも母ヘレンも、地方であるランカシャーを嫌い、ロンドンで洗練された上流階級的な生活をすることを選び、子供たちにもそれを期待する。

ポターの親はそれぞれの両親から受け継いだ莫大な遺産で悠々自適に生活し、ルパートは働くこともなく、紳士クラブに出入りし、趣味の美術鑑賞やカメラに没頭する。また、有閑マダムで気難しい母は、度々、気に入らない召使を替えていたという。

父ルパートはロンドンでは、リフォーム・クラブとアテナイオン・クラブの二つの紳士クラブに所属していた。一八三六年創設のリフォーム・クラブは政治的にリベラル派の集まりで、一八二四年創設のアテナイオン・クラブは科学、法律、医学、芸術、文学、宗教に関するクラブである。

イギリスでは、一八世紀に、それまでのコーヒーハウスの役割を引き継ぐように、上流階級の男性により紳士クラブが創られていく。それが、一九世紀後半になると中産階級の男性、時には女性も入会できるクラブが誕生する。

ルパートは政治に直接介入はしていないが、ナショナル・トラストの終身会員第一号になるなど、彼なりの政治的および社会的姿勢を持っていた。

それより、ルパートは芸術愛好家であったため、サー・ウォルター・スコットが創設者の一人であり、ターナーも会員であったアテナイオン・クラブは大きな意味を持っていた。息子のバートラムをこのクラブの会員にするために、親交を持った画家のサー・ジョン・エヴァレット・ミレイに頼み込んで、六年も待ったほどである。ちなみに、バートラムは父の期待を裏切り、このクラブには貢献していない。

このように上流階級への憧れを抱くポターの両親は、子供たちにもその価値観を共有するように教育する。ポターの両親は、ポターには家庭でガヴァネスによる女子教育を受けさせ、弟のバートラムにはオックスフォード大学への進学を目指させる。彼らは、子供たちに最高の教育と教養を与えることに努力を惜しまなかった。

さらに、ポター一家は、夏になると三か月、ロンドンの家を空けて、スコットランドや湖水地方の屋敷を借りて生活していた。

この様に上流階級的な生活を夢見たのはポターだけではない。ポターの両親が湖水地方で付き合っていた友人は、ほとんどがマンチェスターなどで成功した中流および中産階級で、湖水地方に大きな別荘を建て、彼ら独自の社交場を作っていった。

ポター一家が湖水地方に初めて滞在した時に借りた屋敷レイ城は、そのような新興の中流階級の医者が建てた偽の城である。現在はナショナル・トラストの持ち物として観光資源に生かされているが、当時はいかにも成金的で目障りな建物だったのではないか。ポターは、日記の中で、レイ城が、医者の妻の実家がジン製造の儲けで建てたものであることを皮肉に語っている。

また、ポターが初めて結婚を意識した男性の階級に関して、両親とポターとの間に確執が生まれた。ポターは一九〇一年に『ピーターラビットのおはなし』の出版を契機に、ノーマン・ウォーンと出会う。編集の仕事を共にするうちに、二人が恋に陥った時、ポターの両親は、「商売人の出」だとしてノーマンを見下した。しかし、ポターは自らのルーツも同じであり、ノーマンとの結婚を阻止しようとする両親に対して不満を抱くことになる。

一九〇五年にポターがノーマンからのプロポーズを受けた時には、彼女はもう三十九歳になっていた。

四十歳を前にした娘に、年下でしかも定職もある立派な男性が結婚相手として出てきたら、親ならば喜んで当然だろう。ところが、ポターの両親は、何かと口実を見つけてはノーマンと会おうとしなかった。

ついに両親が結婚を承諾して、二人は婚約をするが、その直後にノーマンは急死する。この婚約も、家族だけの秘密であり、ポターはノーマンからの婚約指輪をはめ続けたという。

ポターの伝記作家たちは、ポターの両親が上昇志向が強かったにも関わらず、ポターが適齢期になってもどこからも縁談を持ってこなかったことを不思議なこととして捉えている。

その理由として、両親はポターを少なくとも上級階級の男性と結婚させたかったのではないかということが挙げられる。実際、ポター一族の中には、リーチ家の従妹ウラ・ハイド・パーカのように准男爵と結婚して、大きなカントリーハウスであるメルフォード・ホールの女主人になった者もいる。

しかし、伝記作家のアンドリュー・ノーマンが指摘しているように、ポター自身は社交界の中に入っていなかった。ポターが十五歳の時の日記には、学校の夜会にいったことやベッドフォード・コレッジのパーティーに行く予定であることなどが書かれている。また、両親と共に親せきの家などにお茶によく訪れている。しかし、その後、ポターは結婚相手を見つけるための社交パーティーには、積極的に出ていなかったようである。

父ルパートは財力もあり、紳士クラブに所属はしていたが、娘を社交デビューさせるに値する著名人ではなかったことを指摘する伝記作家もいる。

しかし、社交パーティーにポターが積極的に行かなくても、父親がクラブで知り合った有能な若い男性を家に招いて紹介することもできたはずである。それをした形跡すらないのである。

上流階級気取りでありながら、実際はランカシャーの商売人の出で、中流階級という事実が彼ら一家の生活をゆがめていったのではないか。当時の男女比では、圧倒的に男性の売り手市場で、中流階級の適齢期の女性が結婚難であったことは確かである。従妹の一人が財力も社会的地位もない元軍人と結婚した時に、ポターは日記の中で、お金もない人と結婚するくらいなら苦しくても独身でいるほうがましだと述べている。これはポターの現実的な結婚観であったと思われる。

この屈折した階級意識が、ポター一家にとっての難題であることにポターの両親は気付いていていなかったのだろう。

しかし、ポター自身は、若い頃と同様に、晩年になってもマンチェスターやマンチェスターの親せきのことを気にかけていた。

ポターが『ピーターラビットのおはなし』の出版の前に、クリスマス・カードのイラストを初めて出版社に送った時、弟のバートラムが協力し、出版社の選定にもあたった。その時に、五つの出版社にポターのデザイン画を送った後で、バートラムがもう一社提案する。それが、ドイツの出版社で当時マンチェスターにあったヒルデシャイマー・アンド・フォークナー・オブ・マンチェスターで、バートラムが原稿をそこに自ら届けている。

ポターが『ピーターラビットのおはなし』をフレデリック・ウォーン社から出版する話が持ちあがった時にも、ポターはマンチェスターのことを考えている。一九〇一年十二月十八日のウォーン社宛ての手紙で、ポターは本が出る時には、両親の出身地であるマンチェスターの親せきや友人に送らないといけないと喜びを語っている。

晩年、ウォーン社が新たな壁紙を、祖父の共同経営者であった従妹が独立して起こしたランカシャーの壁紙会社に依頼した時には、ポターは喜ぶというより、ビジネスとして対等な立場で厳しい要求をしている。これは、マンチェスター魂というべきか。

ポターの絵本製作には職人気質が伺えるし、晩年の農場経営もまた自分たちで様々なものを作り上げなければ成り立たないことであったはずである。

ポターは、祖父エドモンドたちが築き上げた世界を誇りに思い、その世界をルーツと信じていたに違いない。

第三章　理想の子供時代を求めて

『ピーターラビットのおはなし』、『ベンジャミン・バニーのおはなし』と『フロプシーのこどもたち』における家族の絆と子供との対話

ポターは、絵本を作成する中で、過ぎ去った自分の子供時代を顧みて、理想の子供時代を追い求めていたのではないだろうか。

ポターには子供時代が無かったという研究者も多い。ポターには同世代の友達も少なく、大人の世界にいたとよく言われる。世界的な絵本作家となったポターには子供がいなかったことも、議論の中でよく取り上げられる事実である。しかし、結婚適齢期を迎えるまでの少女時代のポターは、弟と池で釣りをしたり、小動物を飼っては観察することが好きな活発な子供であった。

ポターには、性差に左右されない子供時代に対する真摯な思いがあったのだと思う。ポターの書簡集を読むと、元ガヴァネスのムーアの子供たちや元婚約者のノーマンの姪であるウォーン家の子供たち、ヒーリスの甥や姪、そしてファンの子供たち、どの子供たちに

対しても、長い丁寧な手紙を書き送っている。

ポターの『ピーターラビットのおはなし』がもとはムーアの息子、ノエル・ムーアに宛てた絵手紙であることは有名な話である。

これらの手紙が絵本となって出版されるまでに、約十年の歳月がかかっている。それは、これらの絵手紙が出版を目的に描かれたものではなく、あくまで子供たちへの個人的な手紙であったからである。

両親と共に夏の間カーンウォールにいたポターは、当時四歳の足が悪いノエルに避暑地の様子を書き記した手紙を送る。一八九二年のことである。そして、翌年、一八九三年の二通目には、ピーターラビットが登場して、手紙がひとつの物語になっている。

この時、ポターはすでに二十五歳になっていた。相変わらず両親と共に、ロンドンと夏の三か月の避暑地での生活を繰り返していたポターは、暇を持て余していたに違いない。

そしてこの『ピーターラビットのおはなし』と続編とも言える『ベンジャミン・バニーのおはなし』には、いたずらっ子の子供たちとそれを心配する親うさぎが描かれている。

ピーターの母、オールド・ミセス・ラビットは、夫をマクレガーさんに殺されてパイにされた未亡人である。お母さんの言いつけを守らないいたずらっ子のピーターがマクレガーさんの畑に忍び込んで、服と靴を置いてきてしまった時も、カモミールのお茶で寝かしつけてくれる母親である。

そして、そのピーターが従兄弟のベンジャミンと一緒にマクレガーさんの畑に服と靴を取りにいく『ベンジャミン・バニーのおはなし』には、ピーターの母親は残された四匹の子どもたちのために、うさぎの毛でミトンやマフラーをつくって生計を立てている話が描かれている。

そして、さらになかなか家に戻らないベンジャミンたちを探しに、ベンジャミンの父であるオールド・ミスター・ベンジャミン・バニーがやってきて、二人をバスケットに五時間も閉じ込めている猫を退治して、二人を無事に救出する。二人はミスター・バニーにお仕置きを受けるのであるが、ミセス・ラビットはピーターが無事に帰ってきたこと、そして服と靴を見つけてきたことで喜ぶという話である。

この中で描かれている家庭は、当時理想とされた家庭ではない。ピーターの家庭はシングル・マザーの家庭である。その上、母親は内職をしながら子供たちを育てている。社会的・経済的弱者が描かれている。しかし、その家庭は暖かく、四匹の子うさぎたちはのびのびと育っている。

そして、『フロプシーのこどもたち』では、ベンジャミンとピーターの妹のフロプシーが結婚して、子うさぎが六匹も生まれている。お腹をすかせた子うさぎのために、今やキャベツ畑を持っているピーターのところに行くが、もらえない。そこで、ベンジャミンは子うさぎを連れて、マクレガーさんの農園に忍びこむ。すると花が咲いてしまったレタスが捨ててあり、それを食べすぎて眠ってしまう。そして、マクレガーさんに見つかり、全員袋に入れられてしまう。おじいちゃんみたいにパイにされるところであったが、のねずみのチュウチュウに助けられる。

ここで、ピーターの次の世代が出てくるのであるが、ピーターもベンジャミンも結婚して家庭を持っていることが設定されている。しかもベンジャミンは大家族を養わなければならない。しかし、親も子供たちも、自由奔放である。残念なことに、レタスには睡眠促進の効果があるそうで、子ねずみたちにはたっぷりとその効果が表れてしまったようだ。

ポターの家庭は両親もそろっており、経済的には豊かであったが、ポターと弟のバートラムが成長の過程でのびのびと育つことはなかった。父は仕事もせずに、紳士クラブに出入りしては、上流階級的な趣味に興じていた。母は気難しく、常に不満を募らせていた。このような家庭の中で、ポター姉弟は、次第に畏縮して抑圧された青年時代を過ごすことになる。そして、ポターもバートラムも結婚はするが、子供は残していない。自分の子供時代も、また親としても子供と関わる時期はほとんど無かったと言える。

ポターの初期の絵本製作には、弟のバートラムの協力が大きな役割を果たした。ポターとバートラムは、同じように子供時代に両親からの過剰な期待を受けていた。兄弟の絆は強く、特に絵画に関しては率直に意見を言い合う仲であった。

ポターの教育は、家庭においてガヴァネスや絵の先生について学ぶ女子教育であった。読み書き、簡単な算数や歴史、音楽や美術教育が中心であった。

もしポターが学校教育を受けていたら、科学者としての道も開かれていたかもしれない。しかし、ポター自身が、晩年、アメリカの児童文学者を紹介する『ホーン・ブック』に「ピーターラビットのおはなしのルーツ」と題して記しているように、学校教育により個性や独自性が奪われるのであれば、ポターには学校は必要なかった。

ポターは子供時代から読書と絵を描くことが好きであった。両親はポターに本を買い与え、美術館には展覧会がある度に連れて行っていた。これが、ポターの自ら学び批判する力を高めたと言える。

ポターがルイス・キャロルの『不思議の国のアリス』やスコットの歴史小説、アメリカ文学ではストウ夫人の作品やエリザベス・ウェザレルの作品などを好んだことはよく知られている。

ポターの父は読書好きなポターに、惜しみなく高価な本を買い与えた。特に、ポターがファンであったスコットランドの童話作家メアリー・ルイス・モレスワースのシリーズは、出版されるとすぐに購入したという。

また、美術教育に関しては、祖父エドモンドと父が美術愛好家であり、美術収集ではたけていたことが、子供時代のポターに大きな影響を与えている。

ポターは、子供の頃からすでに絵画の技術に関しては抜きんでていた。

ポター自身は十二歳から十六歳まで、無名の女性の先生について絵のレッスンを受けている。そして、ナショナル・アート・トレーニング・スクールの試験を優秀な成績で合格すると、一八八一年、十四歳の時には卒業証書にあたるものを授与されている。

また同時に、両親と共にロイヤル・アカデミーやグロスヴェナー・ギャラリーなどの展覧会にはよく訪問していた。アテナイオン・クラブのメンバーでもあった父は、画家サー・チャールズ・ロック・イーストレイクとその妻レイディ・エリザベスや当時の著名な画家ミレイとの親交を深めていた。スコットランドでは、ポター家はミレイ家との親交を深め、その縁でポターは十七歳の時に彼のロンドンの家を訪問している。さらに、アトリエも見学している。

また、父の絵画収集もポターに大きな影響を与えた。

ポターが絵本を作る際にも、ポターが読んでいた挿絵入りの文学書は影響を与えている。アンドリュー・ノーマンが指摘しているように、ランドルフ・コールデコットの作品がポターの絵本に類似している点は否定できない。

コールデコットは銀行員として働く一方で、民話や童話に挿絵を描いていた画家である。

美術収集家であった父は、特に、一八八四年から八五年にかけてコールデコットの作品を購入している。コールデコットの死の直前であることから、ポターや父がコールデコットと面識があったとは考えられない。しかし、少なくとも、ポターは動物の擬人化に関しては影響を受けている。そして、四十歳で亡くなったコールデコットの作品は、ポターに受け継がれて発展する。

このような理想的な環境にありながらも、中流階級の子女であり、両親の一貫した教育方針の枠の中で、ポターは美術に関してより高度な専門的教育を受けることはなかった。むしろ、無名のガヴァネスにつき、さらに女性の先生に絵を教わり続けることになる。

その中で、ポターに十七歳から二年間のみ教えたガヴァネスのムーアがポターの人生を変えるキー・パーソンとなる。彼女は、いち早くポターの才能を認め、助言をした重要な人物である。結婚後、ムーアは自分の子供たちに送られてきた手紙を子供たちに大切に保管していたために、後にポターが絵本を作成するときに借りることができた。

ムーアは、二十歳でポターのガヴァネスとなる。ポターとはたった三歳違いであった。

彼女は、当時、気難しくなる一方の母との生活の中で精神的に追い詰められていたポターにとっては、姉のような存在になっていった。

しかし、そのムーアは二年で辞めてしまい、翌年結婚する。ポターが十九歳から二十歳の時である。この頃、ポターは、うつ状態から回復するも、翌年またリューマチ熱で悩まされることになる。

このムーアの結婚は、ポターにとって重要な意味がある。なぜなら、ポター自身が適齢期の真っただ中におり、ムーアとの別れは女性として特別な意味があったと推測される。ムーアにとってガヴァネスになる必要が経済的な理由であったにせよ、ムーアもポターと同様に中流階級の出身である。ムーアの結婚相手のエドウィン・ムーアは技術者で、彼女は中流階級の家庭を築き、男の子二人に女の子六人、合計八人の子供を産み育てた。

ポターがムーアの長男ノエルに手紙を送った時には、ムーアには一八八七年に生まれたノエルを筆頭に、次男エリック、長女マージョリエ、次女ウィニフレーデ（愛称フレーダ）の子供がすでにいた。その後、三女ノア、四女ジョアン、五女ヒルダ、そして一九〇三年には六女が生まれる。

この六女にムーアは、ビアトリクスという洗礼名をつけている。ムーアは、一八八七年から一九〇三年の十六年間に、八人もの子供を産んでいる。彼女の家事と育児に追われる毎日は、ポターの生活とは正反対であっただろう。

不思議なことに、ポターとムーアとの間に交わされた手紙は一通しか残っていない。それも、晩年の手紙である。しかし、ムーアは子供たちの写真をポターに送っており、互いの近況は知っていた。それは、ポターが子供たちに送った絵手紙が、ムーアに宛てたものでもあるからである。ムーアは、まだ字が読めない子供たちには、その手紙を読んで聞かせたであろう。そして、ムーアは、それらの絵手紙の中に、ポターの近況を知ることができたのである。

ポターが初めて絵手紙を描いた二十五歳の時から出版に至るまでの間、ポターには夢中になる他のことがあった。一八八七年ごろからきのこ研究に没頭していた時期があり、その論文が拒否された一八九七年以降は、その研究への将来が断たれ、失望したことが逆に、方向転換する機会となった。

科学者としての道は断たれたが、このきのこ研究の間、ポターの絵画の技術は高まっている。

また、独自に道を開発していくという精神も鍛えられたと言えるだろう。さらに、そのポターをムーアが後押ししたことも忘れてはならない。

そして、ポターは成長していくムーアの子供たちに絵手紙を送り続ける。ノエルに送った絵手紙が『ピーターラビットのおはなし』となり、ノアに送った絵手紙が『りすのナトキンのおはなし』になり、フリーダに送った絵手紙が『グロスターの仕たて屋』になった後も、ポターは子供たちに絵手紙を送り続けた。

そして、成功を収めていったポターは、一九〇四年三月三日のノーマンへの手紙で、次のように語っている。

いつか、いまはまだ小さなあの女の子たちを大学に行かせてやりたいと思っているのです。リスの本の「ノア」か「フリーダ」のどちらか。でもまだ十分ではありませんわね。あの子たちの母親は私のガヴァネスだった方なのです。

一九〇三年八月に出版された『りすのナトキンのおはなし』には、「ノアへのおはなし」という但し書きがついている。また、同年の十月に出版された『グロスターの仕たて屋』には、もともとフリーダに送った手紙の一部で、次のような但し書きが記されている。

親愛なるフリーダへ

あなたがおはなしがとてもすきなこと、でもずっとびょうきなこともしっているから、あなたにだけのおはなしをつくりました。あたらしいおはなしだから、まだだれもよんでいないのよ。
それからね、このおはなし、ほんとうかしらっておもうかもしれないけれど――わたしがグロスターシャーできいたおはなしで、ほんとうにあったことなの――とってもおきのおはなし、したてやさんと、チョッキと、それか「もういとがないよ！」。

一九〇一年　クリスマス

この絵手紙をフリーダから借りたポターは、一九〇二年七月六日に、フリーダ宛に次のような手紙を送っている。

親愛なるフリーダへ
長い間あなたのピクチャー・ブックをお借りしていますが、まだ終わっていないです。絵を大きくして書き写さなければならないので、時間がかかっています。でも、すぐにお返ししますからね。

あの小さなうさぎの本はカラーの挿絵つきの新しい版で、もうすぐ完成すると思います。挿絵に関してはずいぶん手をほどこしていて、とてもかわいく仕上がっているのですが、まだ本としては完成していません。

この手紙は、明らかにムーアに宛てたものである。

この時、ポターは自費出版後に改めてフレデリック・ウォーン社から『ピーターラビットのおはなし』を出版する準備中であった。フレデリック・ウォーン社の意向で挿絵がカラーになったこととと、その時に借りていたピクチャー・ブックのことへの断りが書かれている。このピクチャー・ブックには、一作目と三作目の絵手紙が含まれていたと思われる。それぞれノアとフリーダから借りていたが、まだ幼いノアにではなく、フリーダを代表としてポターは断りを入れている。そして、それは、ポターの絵手紙を大切に保管している母親であるムーアに宛てたものであった。

この様に、ムーアの子供たちとムーアとの対話が、ポターの人生を変えることになる。子供たちへの絵手紙は、子供たちがムーアの子供たちから、ノーマンの姪たち、そしてヒーリスの姪たちに代わっても、晩年まで続いた。晩年になるにつれて視力が衰えていったポターは、最後には簡単な絵しか添えられなくなる。そして、おはなしも生まれなくなっていった。

一九四〇年十一月二十五日付の『ホーン・ブック』のバーサ・マホニー・ミラーに、『ピーターラビットのおはなし』の誕生の逸話とノエルのことを次のように語っている。

町は変わっていっています。皆、うさぎみたいに地下に潜り始めてます。あのピーターが誕生したのは四十年も前で、足が悪かった男の子は、今や空襲で大変なロンドンのある行政区で防空監視員をしています

第二次世界大戦に入り、ロンドンでは防空壕を造ったり、地下鉄構内を防空壕にしたりしていた時代である。ノエルは聖職者となり、ロンドンのイーストエンドの教会に赴任した。

そして、ピーターラビットを読んだ世代は大人になり、時代は大きく変わっていくことをポターは語っている。

しかし、ポターが求めた理想の子供時代は普遍的であり、様々なボーダーを超えて今でも絵本の中で生き続けているのだ。

第四章　ジャーナリスト志望？

隠されていたペンの力

暗号で書かれた『日記』にみる批評眼

ポターが暗号で書いた日記がレスリー・リンダーによって解読されて半世紀以上が経つ。ポターの死後、ニア・ソーリー村の自宅で発見された紙の束には、意味不明の暗号がぎっしりと書かれていた。ポター以外、家族や夫のヒーリスさえも内容を知らなかったものである。この日記には、ポターの秘めたる思いと書くことへの執着が読み取れる。

そもそも、なぜ暗号なのか？　これには、ポターが両親、特に母親に、読まれたくないことを書いていたとされる考えが今でもある。しかし、面白いことに、十七世紀の官僚サミュエル・ピープスは暗号で日記を書いていた。独自の暗号をあみ出したポターには、ちょっとした遊び心もあったのではないだろうか。

ポターにとって、若い頃の、しかも暗号で書いた日記は大切なものだったに違いない。ロンドンからニア・ソーリー村へ引っ越した時に、様々なものを処分したはずである。晩年、ポターは、『ピーターラビットのおはなし』シリーズの原画さえも手元に残していなかった。書簡の中で、何度かそのことを記している。

この日記を読むと、書簡では知ることができない、ポターの内面の苦悩だけでなく、ペンの力を試そうとするポターの姿勢を知ることができる。その内容は、紀行文、美術批評、さらには政治論争まである。これらを読んでいくと、ポターはジャーナリスト志望だったのではないかと思われるのだ。

ポターが子供から青年期にかけて成長する時期には、すでにペンの力で社会を生きた女性たちは多くいたし、またポターはそれらの作家の作品を読んでいた。その中でよく引き合いにだされるのが、家族ぐるみで交流があったギャスケル夫人である。また、ポターがスコットの歴史小説を好んだことはよく知られているが、ポターは、ある一人の作家をモデルにしたことは書き残してはいない。後に絵本作家となったポターが目指していたものはフィクションではなく、ノンフィクションだったと思われる。

ポターが愛した湖水地方には多くの才能ある女性詩人や作家が暮らした。十九歳のポターが、アンブルサイドを訪問した際の一八八五年四月十六日の日記で、地元ではドロシー・ワーズワースのほうが兄のウィリアムより詩人として才能があると言われていることを述べている。また、亡くなる前のドロシーの精神疾患に関しても、語り伝えられていることを書き記している。

病気と闘ったもう一人の女性作家ハリエット・マーティノーは、一八四五年から亡くなるまでアンブルサイドに住んだ。マーティノーは、ポターだけではなく、ポター家にとって特別であったに違いない。マーティノーの経済学に関する著書がベストセラーになっただけでなく、ポター家と同様に、マーティノーは、同じユニテリア派で、しかもノーウッチの繊維製造業で成功を収めた裕福な中流階級の出身であった。マーティノーは父親が事業に失敗した後、家計を助けるために様々な職に就きながら『グローブ』に書き続け、経済学、労働問題、奴隷制度、女性問題などに関して厳しい視点で社会論争を繰り広げた。

彼女の著作がポターの父の蔵書にもあった点に注目すると、そこにポターの秘かな思いがあったのではないかと思われる。

幼い頃に聴覚に障害を持ったマーティノーは、作家として国内だけでなくアメリカでも名をはせた。その後、闘病生活を送り、湖水地方アンブルサイドに終の棲家を定め、農場も経営した。闘病中も、子供向けの小説や随筆を発表し、アンブルサイドに移住してからは教育論や湖水地方の紀行文も出版している。マーティノーが一八七六年に亡くなった時、ポターは十歳であった。

父ルパートは、マーティノーの『イギリス湖水地方の完全ガイドブック』を一八九二年にロンドンで購入している。ポター家がスコットランドから湖水地方へと夏の住み家を移したのが、一八八二年頃からであることを考えると、マーティノーの本は、まだ知られていない湖水地方観光の指南書の一冊であったと思われる。

当時、湖水地方はワーズワースなどのロマン派の詩人により、風光明媚な秘境として知られていた。特に、ヨーロッパでの政治紛争により、昔からイギリス紳士が必ず通った関門であるヨーロッパへのグランドツアーが下火となっていた。その代わりに、当時産業革命により富を得た中流階級の人々が、鉄道の開通と共に、スコットランドや湖水地方へ訪れるようになる。そして、十九世紀前半から多くのガイドブックが出版された。

マーティノーのガイドブックは、現代で言うトラベルガイドブックに等しく、湖水地方を走る馬車のルートから料金、ホテルや個人経営の宿の紹介まで書かれている。さらに、湖水地方の様々な町の歴史的背景、古い建築物からマーティノーの時代に建てられつつあった屋敷に至るまで記載されている。後にポター家が借りることになるレイ城の説明も書かれてある。

ポターは、両親と共に、スコットランドや湖水地方だけでなく、ウェールズや親せきが住む様々な地方を訪れるたびに、名所や旧跡を欠かさず訪問している。父ルパートは、絵画だけでなく、建築や骨董にも強い関心があり、必ず古城、中世の聖堂や屋敷に関して調べては、訪問している。

そして、ポターはそれらの訪問の後、必ず日記にマーティノーまがいの紀行文を書き残しているのである。特にポターが十五、六歳であった一八八二、三年と、その十年後、二十六歳から二十八歳の一八九二年から一八九四年に、その軌跡を見ることができる。これは、ポターが暗号での日記を書き出した直後と、この日記を止める前に集中している。前半は、もちろん試作であるが、後半の紀行文は明らかに出版を意識しているようなまとまった随筆になっている。

一八八二年、十五歳のポターは両親と共に、四月三日から二週間、イギリス南西のエクスターからデボン州北の町インファクームに滞在した。その後、両親は、四月二十日から二十八日まで、スコットランド、パースシャーのダンケルドに出向いている。ダンケルドのダルガイズは、ポター家が一八七一年から毎年借りていた夏の家である。どれも、大混雑の列車と乗り合い馬車などを乗り継いでの大変な旅である。

この様なポターの両親の行動力のすごさには驚かされるのであるが、莫大な遺産の使い道に苦慮していたのか、あるいはそれを楽しんでいたのか、借りる屋敷を物色したり、大きな屋敷で開かれる絵画や調度品の個人オークションに勇み足で出て行っていた。

そのインファクームで訪れたウォーターマウス城は、レイ城と同様、偽の城である。十世紀半ばに、ビール醸造で財を成したバセット一族により建てられた屋敷である。この屋敷は幾度か持ち主が変わり、ポター一家が訪れた時もバセット一族は実際には住んではいなかった。

しかし、二度目のスコットランド方面への旅行にはポターは同行せず、ロンドンにいてリーチ家にお茶に行ったりしていた。にも関わらず、ポターは両親の帰宅後、五月一日の日記にダラム大聖堂に関する紀行文のようなものを書き残している。

ダラム大聖堂はアングロ・サクソンの時代に建てられた聖堂で、イギリスを代表する歴史的建築物の一つである。映画『ハリー・ポッター』シリーズでは、ホグワーツのモデルともなり、現在は世界遺産に登録されている。

ポターのダラム大聖堂に関する記述には、大聖堂の北にあるサンクチュアリー・ノッカーと聖人カスバートの聖遺物に関する説明が含まれている。この大きなノッカーは、中世には重罪人でさえ教会に逃げ込むことができる手立てであった。また、カスバートは、遺体が数百年後に掘り起こされた時には、腐敗していなかったという伝説の聖人である。実際に訪問していないポターは、どのようにしてこの文章を書いたのか。そこには、秘密があった。

父ルパートの蔵書の中には、城、大聖堂、マナー・ハウスに関する本が多くあった。その中の一冊、一八六九年出版の『イングランドの大聖堂ハンドブック』の第二巻に、ダラム大聖堂に関する長い章がある。そこには、サンクチュアリー・ノッカーのイラストや聖人カスバートの聖遺物にまつわる伝説も詳細に書かれている。おそらく、ポターはこの本を参考にしたと考えられる。

ポターの紀行文試作には、様々な元本がある。しかし、ポターの紀行文もどきの文章は、すばらしい出来であり、ポター自身の自己鍛錬の証であろう。

しかし、ポター自身のスタイルはその後すぐに開花している。同じ年の七月十日、ポターは父に連れられて初めて湖水地方のレイ城を訪れる。七月二十一日付けの日記にみるレイ城に関する記述は、五月のダラム大聖堂に関する記述とは内容とスタイルにおいて大きく異なる。

この家［レイ城］は、医者であるドウソン氏によって、一八四四年に建てられました。しかも、彼の妻のお金で。彼女の名前は、マーガレット・プレストン。リバプール出身の淑女です。といっても父親のロバート・プレストンは、ジンの製造をしていた人ですが。つまり、それで儲けたお金で建てたというわけです。

ここでポターは、極めてジャーナリスティックな文体で、この屋敷の持つ特性を鋭く指摘している。マーティノーの記述はよりシンプルで、マンチェスターの建築家ベイツによるものであったことなどがさらりと書かれているだけである。ポターの記述には、それを皮肉めいたペンで書いている点に彼女の独自性がある。

その後も、ポターは紀行文を日記の中で書き続けたが、この研鑽の結果が出るのは、十年後であり、それも二、三年で終わってしまう。これは、当時ポターはきのこ研究を真剣に行っており、一八九二年にはきのこ研究家のチャールズ・マッキントッシュとの再会を果たし、その後数年は、きのこの観察と研究に忙しくなっていったからである。

ポターの紀行文として最後に確認できるのは、本格的なきのこ研究に移る前、一八九二年から日記に残された数編の紀行文の断片であるが、その中でも一八九二年の二〇頁以上にわたるファルマス紀行文と六〇頁以上にわたるパースシャー紀行文は量だけでなく、内容に関してもまとまったものになっている。

特に、コーンウォールの港町であるファルマスに関する紀行文には、ペンデンニス城や地元の名士キリグルー家の庭園などの史跡から、ペンジェリック街にあるクエーカー・ミーティング・ハウス、さらには港に停泊している船や軍艦の展示に至るまで詳しく書かれている。

これは、ファルマスに一八五八年にドックが建設され、一八六三年にはコーンウォール鉄道が開通して以来、ファルマスが海沿いの行楽地として注目を浴びていったことを表している。

ポターは、停泊している船の外国人の船乗りのことや、コスモポリタンな町の様子に興味をそそられている。さらに、それまでは反感を抱いていたクエーカー教徒に関して深く知ろうとする姿さえもがうかがえる。

また、同じ年に書かれたパースシャーに関する紀行文は、今までのスコットランド滞在をまとめる役割を果たし、ポターにとってスコットランドでの体験が非常に重要であったことを物語っている。

この年、ポターは、七月二十六日から十月三十日までスコットランドに滞在している。その紀行文には、ポターの歴史、地理、自然への理解だけでなく、人間観察が含まれている。

ポター一家がパースシャーを訪れるようになっていた頃、スコットランドにおいても観光化が進んでいた。ポター一家だけでなく、叔母や従妹たちも次々とこの地に集まってくるのであるが、その際に地元のボランティアの人々の陣営に驚かされたことが書かれてある。また、後のポターに大きな影響を与えたマッキントッシュとキティ・マクドナルドに関する記述には、年配の労働者であり特殊な技術を持つ人々への尊敬の念が込められている。

特に、ポターが八月一日に初めてキティに出会ってから十月中旬まで、彼女の働きぶり、豪快な性格やカトリック信者としての信仰心に関して、ポターは細やかに描いている。これは、一つのポートレートと言える。

様々な地方の紀行文を試作する一方で、ポターはロンドンの自宅では政治と美術に関するレポートや批評を日記に書き残した。

ポターが日記の中で繰り返し記述していることは、父親が購読していた『タイムズ』だけでなく『パースシャー・アドヴァタイザー』などの地方紙に至るまで、新聞記事にくまなく目を通し、父親と政治に関して意見交換をしていることである。そしてポターは、日記の中でまるで自分がジャーナリストになったかのように、政治を語るのである。

政治や社会情勢に関する記述はポターが十五歳の頃から始まっており、そのきっかけは一八八二年に勃発した英エジプト戦争である。ポターは、新聞記事を読み、九月二十二日と十一月十八日に、多くのエジプト人が殺されたことに対しイギリス人の犠牲者が少数であったことを記している。

この戦争は、スエズ運河による航路短縮を頼みにしていた綿製造業者が多くいるマンチェスターの人々には関心が特に高かった。十年がかりで一八六九年に完成して以来、スエズ運河はフランスとイギリスの共同保有であったが、一八六一年のアメリカ南北戦争によりアメリカ綿花に代わりエジプト綿花の需要が高まったことが紛争の原因である。エジプトの財政難とフランスの政治不安定が重なり、一八七四年、当時の英首相ディズレーリが帝国主義政策へと転換し、最終的に一八八二年イギリスがエジプトを占領した。ポター家やマンチェスターの繊維業者にとって、この戦争は大きな話題となっていたのである。

また、ポターが十六歳の時には、ダブリンでアイルランド系急進派のフェニアン主義者によるテロ事件が起こっており、さらに十八歳の時にはロンドンのヴィクトリア駅でダイナマイト爆発事件が起こっている。このアイルランド問題に関してポターは短いレポートを日記に記している。

このようなイギリス国内外における様々な事件から政治論争や選挙に関してまで、ポターは新聞記事を丹念に読んでは、それを日記に書き残している。当時の首相グラッドストンへの批評も多く残している。

ポターの政治に関する記述には、新聞記事を読み、それをもう一度独自の記事に料理し直しているようなものが多く残っている。それは、父との会話などから発展したことでもあるが、ポター自身が政治に大きな興味を抱いていたことを示している。

政治論争と同じくらいポターが力を入れて書き綴ったのが、美術批評である。美術愛好家の父に連れられて美術館やギャラリー、ミレイのアトリエ、そして個人宅で開かれるプライベート・オークションやクリスティーズなど一流の絵のオークションの会場にまでポターは足を運んでいる。

絵画は当時の中流階級の子女の教育の一つとして流行していた。そして、ポターも幼い頃から絵を学んできた。娘の絵の才能を信じた父は、ポターに最高の絵のレッスンを受けさせる。そして、ミレイの紹介で、油絵のレッスンも始めた。しかし、ポターの油絵のレッスンは成果が全くでないどころか、ポターには苦痛の種になってくる。ガヴァネスによる教育を十九歳まで受けた上に、その後、三十歳になるまでポターは絵を習い続ける。三十歳になったポターは、十代最後の頃のように、精神的に不安定になっていた。ポターの両親も病気がちとなり、将来に対して悲観的になっていく中で、自分に残された道の一つである絵の勉強も絶望的になる。

このように絵画の創作に関しては芽が出なかったが、それと反比例して、日記の中でのポターの鑑識眼は鋭くなり、また美術の批評にも磨きがかかってくる。

ポターが父の影響のもと独学で学んでいった美学は、ヨーロッパの古典からミレイなど当時のイギリスを代表する画家たちの作品が基盤であった。ポター自身は、サー・ジョシュア・レノルズやジョン・ターナーを愛した。父が懇意にしていたミレイの絵に関してでさえ、ポターは日記の中で容赦なく批判している。一八八三年頃から一八八六年頃まで、即ちポターが十七歳から二十歳頃に日記に書いた美術批評文には批評眼の萌芽が見られる。また、ポターは、画集だけでなく、ラスキンの著書も読み、画家に関しても学んでいた。

そして、その中でもポターは女性画家の作品に興味を持つ。一八八三年には、クリスティーズでマートン・ホールのコレクションが出た時に、動物の絵が多く含まれていた。その中に、フランス写実主義画家で臨場感あふれる動物画で知られるローザ・ボヌールの『フォンテーヌブローの鹿』を見つける。ポターに画家として成功したいという思いが強まり、また父もそれを信じてサポートし続けた背景には、特にヨーロッパでの女性画家の活躍がすでにあったからである。

しかし、この美術批評も日記の中から次第に消えていく。それは、ポターの画家への道が絶望的となっていったことと比例している。

この様に、ポターの日記に秘められた文筆に対する希望と執着は三十歳の時に終わる。しかし、ノンフィクションにこだわって修作に励んだポターの記述には、フィクションに移行していくヒントが隠されている。

ポターの日記の最後、一八九五年から九六年にかけて、「親愛なるエステルへ」で始まる文章が書かれてある点に、そのフィクション性が垣間見られる。
このエステルという人物は架空の人物であるとされているが、その内容から、フィクションを書こうとしていたのではないかとも思われる。このエステルが初めて日記に出てきたのは、一八九〇年、ポターが二十四歳の時である。そして、時を経て、日記が幕を閉じる二十九歳から三十歳の時に、エステルは再登場するのだ。
この二十代最後の年、ポターは絵も思うように成果が出ず、またきのこ研究でも認められず、底知れない虚脱感を体験していた。その上に、両親共病で臥せっており、ポターは自立への道を模索していた。一八九五年の十二月四日付の日記において、ポターは、次のように記している。

何とか前に進まないと。そう、本を買うお金を少しでも稼いで、自立することを心の糧にすること、でも絶望的だけれど。

そして、翌年、三十歳になったポターは、日記の中で、誕生日祝いの手紙を受け取って「なんてイラつくのかしら」と述べながら、二十歳の時よりも、自分がずっと若く心身共に強くなったとも記している。その文章には、それまでの自分から脱皮しようとする意志が読み取れる。しかし、この『親愛なるエステルへ』のシリーズは完成することもなく、後世の読者に違和感を持たせたまま残っている。

そして、ついに、ポターは暗号日記を書くことを止めるのである。それは、ある意味、文筆業を生業とすることを諦めたことでもあったのだ。もちろん、この時、ポターはその数年後に絵本作家としてデビューするなど思いもしなかったわけである。

運命とは皮肉である。ペンは彼女を離さなかったのだ。

第五章　理系女子ポター、きのこ研究家デビュー断念
『のねずみチュウチュウおくさんのおはなし』と『カルアシ・チミーのおはなし』にみる科学の力

ポターは、密かにきのこ研究家としてデビューしようとしていた。二十六歳頃のことであった。

ポターが描いたきのこの絵を見ると、ピーターラビットの挿絵を描いたポターとは別人ではないかと思う人も多いと思う。

しかし、ポターは絵本を描く前に、きのこ研究――正確には菌類学（*mycology*）――に没頭しており、その正確で緻密な写実画からも、科学者としての資質が充分にあったことが認められている。

ポターの絵本の中でもその軌跡が見られる。『のねずみチュウチュウおくさんのおはなし』では、家にやって来るクモや蜂などに憤慨するのねずみのはなしが描かれている。それら昆虫の挿絵は、ポターが若い頃にロンドンの自然史博物館で写生したものがもとに

なっているという。

さらに、『カルアシ・チミーのおはなし』は、アメリカの読者を喜ばせるために、アメリカに生息する動物を登場させたとされている。特に、ハイイロリス、シマリス、クロクマなどのイギリスにはいない動物の挿絵も正確に描いている。

これらの挿絵から、絵本作家になってからも、ポターが科学的な立場で動植物をとらえていたことがわかる。

また、ポターがきのこ研究に夢中になり論文さえも提出したことは特別な事ではなく、十九世紀の自然科学分野では起こりつつあったことだった。しかも、大学を出ていない女性が菌類学の研究をすることは、ある意味、すでに流行となっていたのだ。

ポターは絵とお話を統合させた絵本作家として知られている。しかし、その絵の技術と鑑識眼は、一貫して科学者のものだったと言われている。

ポターは、自分が描く絵に関して、「抽象的にはどうしても描けない。私が描くものは正確なコピーなのだ」と言っているように、正確な写実画がポターの絵の特色である。

そのような技術と姿勢はどのように培われたのか？　そのためには、十八世紀から十九世紀にかけてイギリスで流行した自然科学、特に植物学と植物絵画の両方を語らなければならない。

当時のポターは、中流階級の一般の女子教育より高い教育を、それも長い間家庭で受けており、ガヴァネスだけでなく絵の先生にも自宅に来てもらっていた。また、弟のバートラムが良い勉強相手でもあった。そのような子供たちに、父ルパートは必要な児童書、小説、専門書、顕微鏡までそろえ高価な絵画の購入も行っていた。

しかし、ポターはそれらの知識を生かすことができなかった。

産業革命以降、ポター一族のように専門職、商人、製造業者として富を得た人々は、ワンランク上の生活を求めていた。娘の教育に関しても、当時の上流階級や中産階級の女性教育をモデルにしていた。娘には、十歳ごろまで自宅でガヴァネスに教育を受けさせるのが主流であった。

ジューン・パーヴィスの『イギリスにおける女子教育の歴史』では、一八六七年から八年頃には、ランカシャーの商人の家では、娘に十歳までガヴァネスをつけるようになっていたという。

しかし、同時に、これらの裕福な新しい中流階級の多くが、社会的リーダーシップを取ることを目指し、特に教育改革に乗り出していった。彼らの多くが反国教会派で、彼らの教育改革は、階級とジェンダーの在り方を問い直すものであった。そのため、娘の家庭教育の質に関しても、クエーカー教徒とユニテリアン派が最も高かったという。

さらに、当時は一八六八年のパブリック・スクール法案により、ラグビー校の改革に代表されるように、上流階級や中産階級の男子教育を中心とする改革が活発となった。それが女子教育にも影響を与え、大学進学をめざす女子のパブリック・スクールも生まれた。同時に、労働者階級の子女の教育改革が、ポターの祖父母が行ったように、綿工場においても行われるようになる。それが、労働者のための学校設立につながり、より専門的な科目も入れるようになって、夜間学校などが各都市に創設されていった。

ポターは、教育改革時代に生まれて育ったにも関わらず、裕福な中流階級に属したために、どの恩恵も受けなかった。上流階級の女性でもなく、労働者階級の娘たちとも分け隔てられ、独自の道を歩むことになる。

ポターは、二十歳前までガヴァネスにつき、その前後には、数名の女性の教師に絵を教わっている。本来であれば、この様な教育は終わっていて良い年齢であった。しかし、未婚であったポターに、両親は家庭教育を受け続けさせた。

当時の中流階級の女性は、両親（特に母親）とガヴァネスというアマチュアからの教育で十分とされていた。ポターのように裕福な中流階級の女子は、よりフォーマルな内容の家庭教育を受けたという。その内容は、歌やピアノなどの音楽、フランス語などの外国語、絵画などに加え古典、算数、科学などであった。特に絵画に関しては、ポターのように、絵を専門とするガヴァネスを雇った。

　これらの科目の中で、ポターは科学、特に自然科学に興味を抱き始める。菌類学にのめり込む前に、ポターはイモリや蛇などの小動物を飼っており、死んだ際には解剖をしている。また、二十代初めには鳥の観察を続けており、二十二歳の時に、『タイムズ』に載せられた鳥に関する記事に対して、自らの観察記録に基づき手紙を書いている。その際、動物学者ウィリアム・ヤレルの名著『ブリテン島の鳥の歴史』から引用までしている。さらに、鳥が好きなポターは、十歳の誕生日にヒュー・ブラックバーン夫人の『自然界の鳥たち』をもらっており、この鳥の水彩画で著名なブラックバーン夫人を尊敬していた。その本人に、ポターは二十五歳の時に出会っている。一八九一年六月九日付の日記に、その時の様子が書かれている。ポターは、彼女のように動物や鳥などの写実主義に基づく水彩画を科学的な知識を基にして描くことにあこがれていたのである。

　現在では、ポターと菌類学に関しては、伝記作家からジャーナリストやフェミニスト、さらには菌類学者に至るまでが論じるほど活発になっている。

　女性と菌類学の関係を論じたサラ・マロスクとトム・メイは、ポターが生きた十九世紀は、西洋において自然科学がアマチュアからプロへと移行していった時代だと指摘している。そして、一九一七年にオランダで最初の女性教授が誕生した頃から、自然科学への女性の研究者の進出が見られるようになった。

菌類学に関しては、西洋社会で十七世紀頃から女性が独学で学び高いレベルに達していた例がある。しかし、一九〇〇年以前に女性で菌類学の研究論文を出版したのはたった四十三人で、そのうちの十二人が新しい菌類族の発見をしたという。

菌類学の分類学研究には、ラテン語の知識、植物標本集の参考文献の所持、論文を書く能力が伴わなければならなかった。これらの条件を満たす大学卒の男性研究者に対して、独学で壁を乗り越えた女性研究者がヨーロッパで六名いた。この様な時代が移り変わる中で、ポターは、その成果が認められなかった女性研究者の一人であったのだ。

イギリスでも、十九世紀は労働者や女性がきのこ狩りをすることが流行となり、多くのアマチュア研究者がいた。それは、植物に対する専門知識の拡大と、その一般教養としての確立により、広まっていった。

この中で、一八七一年、ポターが十五歳の時に、スコットランドで出会った在野の研究者チャールズ・マッキントッシュの存在が大きい。

当時、ポター一家は、風光明媚で人気が出てきていたスコットランド中東部のパースシャーにあるダンケルドに滞在していた。一八七一年以来、十二回に渡り、ダルガイズ・ホールを借りて夏の住み家とした。

一八五六年にはバーナムにまで鉄道が開通し、ハイランドへの旅行が容易になっていた。ミレイをはじめ、多くの画家たちにも愛された土地である。ポター一家は、ここを新たな夏の社交場とし、ミレイ一家とも親交を深めた。

ダンケルドはもともとマーケットタウンで、ほとんどの住民が織工として自宅で手織りに従事しており、それを市で売り生計を立てていた。マッキントッシュもそのような織工の家に一八三九年に生まれ、一九二二年に八十二歳で亡くなるまで、その地に住み続けた。

マッキントッシュは、労働者階級出身で、しかもポターよりはるかに年上である。しかし、マッキントッシュとポターの間に芽生えた友情は、ポターにとって非常に貴重なものとなる。その逸話は、マイケル・A・テイラーとR・H・ロジャーの小冊子『すばらしい知己』とヘンリー・コーツによる『パースシャーの植物学者――インヴァーのチャールズ・マッキントッシュ』の中で述べられている。

ポターと出会った頃のマッキントッシュは、地元ではすでに知られた存在であった。

彼は働くために、二度学校を辞めている。十四歳でダンケルドのロイヤル・グラマースクールに入るも、退学して製材所で働くことになる。その製材所で左の指を事故で失い、仕事ができなくなる。一八五七年、十八歳の時だった。

翌年、彼は地元の郵便配達人となり、一八九〇年に五十一歳で退職するまで、どんなに天候が悪くても、往復十六マイルは毎日歩いて郵便を配達した。週たった十二シリングの給料で、週六日勤務し、三十二年間もこの仕事を続けた。

彼は、このように長い間、この地方を歩いていたので、地元の自然に精通していた。その上、彼は地元の歴史や民芸に関するものを収集していた。時間があれば森や荒れ地に入り、古い石や矢を見つけては、ブレアー城のコレクションに寄付したり、変化しつつあるインヴァーの生活に関わるものはパース博物館に持ち込んだりしていた。

しかし、彼には参考にする本や資料、相談する専門家もいなかった。そんな時、一八七二年に、ドクター・フランシス・ブッチャナンに出会う。彼は、一八六七年にパースシャー自然科学協会を創設し、図書館も設立していた。そこで、彼は、マッキントッシュを特別会員として招き入れて、彼が専門設備を無理なく使えるように配慮し、また指導もかって出た。この様な機会に恵まれ、マッキントッシュは多くの専門家や後に彼の伝記を書くことになるコーツ、そしてポター一家とも知り合いになる。

また、新たに設立されたスコットランド隠花植物協会の会員になったマッキントッシュは、一八七五年にはパースで、一八七七年にはダンケルドで菌類研究の発表を行っている。これらの活動を高く評価したポターの父ルパートは、一八八七年、マッキントッシュに、J・スティーヴンス著の『イギリスの菌類』二巻を贈っている。当時としては、高価な専門書であった。

この時代は、植物学、特にきのこ狩りやきのこ研究が流行し、在野の研究者が多かった。自然科学は、王室や貴族の教養から中流階級や労働者階級の余暇になり、一般教養となっていった。中流家庭でも、ポター家のように、顕微鏡があったという。

きのこ研究を独学で進めていたポターは、マッキントッシュにもう一度会いたいと思い、一八九二年、それが実現する。非常に恥ずかしがり屋のマッキントッシュに会えたことを、ポターは心から喜び、その後五年間、二人の間に長い手紙のやり取りが続いた。

この五年間の手紙のやり取りは、ポターの菌類に関する論文が、ロンドン・リンネ協会による出版の可能性が無くなった時まで続いた。

ポターはマッキントッシュへの手紙に自分が描いたきのこの水彩画を添えていた。この頃、ポターはバートラムのものであった顕微鏡できのこの萌芽に関して観察を続けており、四十枚のきのこの絵を描いている。そして、きのこの新種を発見し、ラテン語で名前を付けたりしているうちに、自分のきのこ研究の成果を専門家に見てもらいたいと思うようになっていった。

ポターの熱意を知った叔父で科学者であったサー・ヘンリー・ロスコーは、一八九六年五月十九日と十二月七日に、ポターと父ルパートをキューガーデンに連れて行っている。アテナイオン・クラブの会員である、キューガーデンのディレクターに会って、ポターの研究成果を見せたとされている。

しかし、これはポターにとって良い経験とはならなかった。ポターが、キューガーデンの図書館と植物標本館に入るチケットをもらったことで終わっている。

さらに、ポターの論文が、キューガーデンの植物標本館の主席助手であったジョージ・マゼーの協力で、一八九七年四月一日、リンネ協会で紹介（あるいは発表）されたが、出版されることはなかった。

ポターがキューガーデンのディレクターに会ったことも、ポターの論文がリンネ協会で発表されたことも正式な記録として残っていない。ポターは、女性であるがためにリンネ協会の会合には出席できなかった。これらの情報は、ポターの日記とマッキントッシュへの手紙からのものでしかない。

特に、ポターの論文がリンネ協会で発表される前の数か月間に、マッキントッシュへ三通の長い手紙を送っている。この手紙を読む限り、ポターは彼を唯一の理解者と信じ、ラテン語を交えた専門的な意見交換を活発に行っている。

このリンネ協会は、スウェーデン人植物学者で植物分類法を考案したカール・リンネにちなんで名付けられた協会である。すでに一六六〇年創設のイギリス科学者の最高権威であるロイヤル・ソサエティが専門家をメンバーとするクラブであったのに対し、リンネ協会は、アマチュアの自然科学者のために一七八八年に創設された新しいクラブであった。特に分類学と博物学を中心として、現在でも、アマチュア、プロを問わず、活動ができる場として存続している。

創設当初、初期の他の紳士クラブがそうであったように、リンネ協会もコーヒーハウスで会合を開いていた。進化論のダーウィンも会員だった。

しかし、コーヒーハウスが男性の砦であったように、紳士クラブもまた女性禁制の場であった。さらに、学問としての植物学（Botanics）に対して、より一般的で女性が好んだ園芸（Horticulture）への蔑視があったともされている。ポターは、この園芸という趣味の領域にいるとみなされてしまった。

しかし、ポターが生きた時代は、植物学という学問分野でも園芸という技術的な分野においても、男性中心主義の中で女性への門戸が開かれつつあったことは重要である。

フランシス・バスとメアリー母娘が、ロンドンに大学進学を目指す女子学校を創設し、一八七八年にはロンドン大学が学位を目指す女性に入学許可を初めて与えた。一八八一年には植物学科が創設され、女子のコレッジとして設立されたベッドフォード・コレッジでは、植物学で二名の学生が学位を授与された。

女性の間で植物学への関心が高まったことを受け、一九〇四年、リンネ協会は初めて十六人の女性を会員として認めた。しかし、リンネ協会に初の女性会長が誕生するのは、一九七三年を待たなければならなかった。そして、一九九七年、リンネ協会は、ポターの論文に関して女性差別があったことを正式に認めている。

ポターが訪れたキューガーデンもまた、男性の聖域であった。初期のキューガーデンの開拓に尽力したシャーロット王妃は、植物学を重要視し、娘たちに植物画の教育を受けさせていた。キューガーデンは、王室の庭園から、十八世紀にはウィリアム・ケントなど庭師により大きな変換を遂げ、拡大され、デザイン化されるとともにその内容も変化した。

それは、イギリス帝国主義による植民地拡大の中で、南北アメリカ大陸、アフリカ、アジアなどから多くの外来種が持ち込まれて植物研究の砦となったことである。世界中から資源植物を採集し、品種改良を行っては、インドなどのイギリス植民地にも設立した植物園と協力しながら研究を重ねた。そして、植民地の中で、天候や環境などが適合する地域に移植して、プランテーションにおいて大量生産していた。インドのダージリンティーはその一例である。

そして、キューガーデンは、一般公開されるようになり、イギリスを代表する最大の植物収集施設と認められ、二〇〇三年にはユネスコ世界遺産に登録された。

そのキューガーデンの歴史的変遷の中で活躍したのは、植物専門家でもあるプラントハンターであった。特に、ウィリアム・ホッカーと息子のジョセフ・ホッカーの親子が、それぞれ初代と二代目のディレクターとしてキューガーデンの発展に貢献した。そして、そのジョセフ・ホッカーの娘ハリエット・アンが結婚した相手であるウィリアム・ターナー・セシルトン＝ダイヤーが三代目のキューのディレクターに就任する。このセシルトン＝ダイヤーにポターは面会したのだ。

このホッカー家は、ジョセフの妻フランシスも、ケンブリッジ大学植物学教授の娘で、彼女自身も植物学者であったとされる。さらに、彼女の娘でセシルトン＝ダイヤーの妻となったハリエットは、植物挿絵画家として活躍していた。彼女は、キューガーデンの伝統ある雑誌『カーティス・ボタニカル・マガジン』で活躍した挿絵画家ウォルター・フッド・フィッチに手ほどきを受けている。

この様に、自分の妻が植物挿絵画家であったにも関わらず、セシルトン＝ダイヤーは、ポターに対して興味さえ示さなかった。

初期の植物専門家は大学教育を受けておらず、時代と共に園芸、農業、造園は専門化されていくが、十九世紀までは専門学校で教えられていた。その後、大学には、植物科が創設され、セシルトン＝ダイヤーのように多くのエリートの植物学者がここから誕生する。それに対して、技術面での教育は、中流階級や労働者階級を対象としたものであった。

女性の造園教育に関しては、社会改革に目覚めたデージー・ウォルリックが先頭に立ち私財を投じて、一八九〇年に始めた。二〇世紀初頭には中流階級の女性のための園芸学校が創設された。それは、現代の農業高校に近く、生産技術から出荷まで、実践的で専門性が高いカリキュラムを取り入れていた。

ポターが始めてキューガーデンを叔父と訪れた一八九六年、キューガーデンは初めての女性庭師を雇い、大きな話題となる。彼女たちは、スワンレイ・ホリカルチャー・コレッジの出身者で、キューで働く条件として男性と同じ服装で仕事をすることを求められた。もちろん、彼女たちの仕事ぶりは男性と同様に優れていることが証明され、大きな期待が持たれた。一八九七年一月三十一日の日記の中で、ポターはこれら女性の庭師のことに触れ、「ニッカーボッカーを着ることを強いられている女性たちを見よ」と皮肉たっぷりに語っている。

ポターは、大学での植物学の研究もできず、ましてや中流階級の女性が学ぶ技術学校でも教育を受けることはなかった。

また、植物学と同様に、ボタニカルアートも十九世紀には教養となっていた。自然科学の中で、特に植物学の分野において、植物画を描くことは重要な作業となる。植物学や園芸が流行するにつれ、植物画を描くことが教養とされ、ボタニカルアーティストが誕生する。

植物画は古代から存在し、ルネッサンス期を経て、西洋においては植物学の発展と共に植物を記録することが求められるようになる。それと同時に、十八世紀から十九世紀には、美しい花の画集の出版やジャーナルの発行が活発となっていった。特に、フランス、ドイツ、オーストリア、オランダ、そしてイギリスにおいて、花の絵が活発に描かれるようになり、ボタニカルアーティストが次々に誕生する。

その代表が、『バラ図鑑』で知られるピエール＝ジョゼフ・ルドゥーテであろう。彼は、ベルギー人であるが、当時ベルギーはフランス領であったため、フランス王室、特にマリー・アントワネットのためにバラを描き続けた。

イギリスにおいても、十八世紀に、『ボタニカル・マガジン』や『ボタニスト・レポジトリー』などの雑誌が刊行され、多くの女性植物画家を生み出していた。

その中で、ボタニカルアートの先生でとどまった者もいれば、画集を出版した女性もいた。メアリー・ローレンスは、『バラ』というタイトルの画集を一七九九年に出版している。その後、十九世紀半ばまでに、女性の植物画家の作品が雑誌などに掲載されるだけでなく、彼女たちは絵の教育に貢献する。この頃には、植物画の教本まで出版されていた。十九世紀後半になると、アン・プラットというグロッサリーの娘から、エリザベス・トワイニング、即ちトワイニング・ティー創業者の孫娘に至るまで、幅広く、ボタニカルアートに携わる女性が出てきていた。

ポターが十二歳から受けた絵画の教育は、ほとんどが無名の女性によるものであった。十二歳から十六歳までは、ミス・キャメロンという女性に教わっている。この教育の成果は大きく、ポターはナショナル・アート・トレイニング・スクールの修了試験にも合格した。また、ポターは、ラスキンの『現代画家』やレイディ・イーストレイクの『五人の偉大な画家』などの書物を読み、画家に関しても学んでいた。

また、ミレイとの親交を深めた父ルパートは、彼に当時十七歳であったポターの絵の先生の紹介を頼んだと思われる。ポターは日記の中に、「ミス・ワード」と「ミセスA」という名前が出てくるが、その前後の文脈から、彼女たちがその絵の先生だと思われる。

ポターは家庭で、数人の女性の先生について絵画の勉強をしている。しかし、この美術教育は彼女を専門家にさせるためのものではなく、当時上流階級の子女が受けた一般教養としての美術教育をモデルとしたものであった。

ポターがマッキントッシュに送っていたきのこの水彩画は、一九七八年までポター作であることがわからなかった。

なぜなら、この水彩画をマッキントッシュが、イギリス菌類学会の創設者であるチャールトン・リアに送っており、その結果、パースに残っている絵にはほとんど彼のイニシャルCRが書かれていたからであった。

ポターの夢、きのこ研究家になることは、かなわなかった。しかし、彼女のきのこの水彩画は、菌類学者たちによって認められた。一九六七年に、菌類学者であるW・P・K・フィンドレイが、ポターに敬意を称して、著書『路傍と森林地の菌類』の中でポターの絵を使用している。

しかし、最も残念なことは、ポターがリンネ協会に提出した論文が、いまだに行方不明なことである。ポターの思いが詰まった論文を読んでみたいものだ。

第六章　愛のキューピットはどこに？

『あひるのジマイマのおはなし』と『こぶたのピグリン・ブランドのおはなし』における愛と結婚への賛歌

ポターは、四十七歳の時に結婚している。

当時としてもかなりの晩婚で、すでに孫が数人いてもおかしくない年齢であった。なぜ、この年齢になって、ポターは結婚したのか？　この頃は、絵本作家として世界的な名声を得ており、農場経営と土地や農家の購入に積極的に乗り出していた。経済的にも自立し、結婚する必要はなかったはずである。

相手は五歳年下の弁護士ウィリアム・ヒーリスである。第一次世界大戦勃発前の、一九一三年十月十五日に、ロンドンのケンジントンにあるセント・メアリー・アボット教会で親族のみの式を挙げたとされている。ウィリアムの家族に敬意を表して、イギリス国教会を選んでいる。

結婚式の写真は残っているものの、親せきの結婚式に行って帰ってきたような二人の写真である。

ポターの両親はこの結婚に難色を示すも、最終的には賛成して、結婚式には出席したとされている。

ポターには若い頃、これといった結婚話がなく、当時の女性の結婚適齢期にも両親と同居し、忠実な娘であり続けた。上流階級志向の両親は、ポターを中流階級ではなく上流階級の女性にふさわしい教育を与え続けた。そして、ポターも、この期待にこたえるに十分な資質を持ち合わせていた。

しかし、ある意味、両親は子離れができず、ポターは親離れができない状況にあった。伝記作家たちはこの点に関して、母ヘレンの過保護や依存性が、ポターの青年期に大きな影響を与えたと記している。

もう一つの原因が、十代後半から二十代にかけてポターが繰り返し病気になったことである。十代後半にはうつ状態になり、二十代にはリユウマチ熱に悩まされた。この様な不健康な状態では、結婚話どころではない。むしろ、結婚は諦めるような状況だったのではないか。ポター家は財力もあり、独身の娘が一人家に残っても問題はなかったと思われる。

アンドリュー・ノーマンは、ポターが十代後半から二十代前半にかけて、ひどいうつ状態にあったと述べている。特に、一八八四年十一月には、ポターの健康状態は最悪で、定期的にうつになり、髪の毛が抜けるなど深刻になっていた。

十七歳になったポターは、一八八三年七月二十八日付の日記の中で、十七歳は「スウィート・セブンティーン」と言われているけれども、自分は全くそうではないと述べている。翌年、十八歳の誕生日には、「人生はすぐに過ぎ去る」と嘆いている。この前後、祖父母が亡くなり、油絵も上達せず、ポターは子供から大人になり、適齢期を迎えていく苦悩を抱え込んでいた。十七歳と十八歳の誕生日の時にも、また一八八四年の九月三十日、アリス・ターナーが男の子を出産したことを聞いた時にも、ポターは「なんで時間はすぐにたってしまのでしょう。そして時と共にいろいろなことが変わっていくのでしょう」と悲観的になっている。

一八八五年三月二十八日の日記で、ポターは、「病気になって以来、髪の毛がすっかり抜けてしまった」と嘆いている。その前の夏にはまだ髪がふさふさしていたことが書かれているので、一八八四年の夏以降、精神的葛藤がかなり強くあったと思われる。現在のような精神疾患への理解や治療法、カウンセリングがなかった時代に、ポターは壮絶な経験をする。若い未婚の女性にとって、髪が抜けるというのは致命的である。その後、ポターの髪の量はもとのように戻らなかったという。

一八八五年の七月、ポターが十九歳になる直前、ガヴァネスによる教育が終わり、従妹たちが次々と結婚することになる。特にポター一族の従妹ケイト・ポターの結婚相手が地位も財産もないと知ると、同年十月十三日の日記でポターは、「そんな不幸な結婚をするくらいなら、寂しくたって、一人でいるほうがまし」だと半ば批判的に述べている。ポターは、美しいケイトには、もっと裕福で社会的に認められたユニテリア派の家系の出の男性と結婚すべきだと主張しているが、それはそのままポターの結婚観となる。同年に、ケイトの妹ブランチェやイーデスも婚約を発表した。二十代最後を迎えていたポターは、結婚していく従妹たちから置き去りにされたという思いが強かったのであろう。プライドの高さから、そこから沸き起こる劣等感により、とてつもなくポターは苦しんだ。

また、ロスコー家の従妹マーガレットも一八九五年に結婚している。この時ポターは、結婚式は素敵だったと喜びながらも、自分の感情が複雑に入り組んでいることを七月十一日の日記の中で告白している。この時、ポターは二十代最後の年を迎え、家族や親せきの中では、適齢期が過ぎた独身女性として認識されていた。

ポターは、従妹たちに置いて行かれる焦りと理想の結婚への願望の間で押しつぶされていく。そして三十代になると、その夢も無くなってしまっていた。

また、ポターはうつ状態から回復するも、二十歳の時にリューマチ熱で静養している。

そして、これは持病となって、彼女の残りの人生に大きな影響を与えることになる。

当時は、現在のように精神科や心療内科にかかって治療を受けたりできない時代である。ポターの精神疾患に関しては、精神分析者が分析を試みており、それに対してポターは憤慨している。また、リューマチ熱も、その正確な診断書があるわけではなく、ポター自身の手紙などにそう書かれているだけである。

しかし、正確な病名は不明でも、これらの病床期にポターは婚期を逃し、半ば結婚を諦めていったと思われる。故に、両親がポターの結婚相手を見つけてこなかったということにも、納得がいく。

ポターには子供時代から弟のバートラム以外遊び相手がいなかったとされるが、この青年期においても、家の中に閉じこもった状態だったとされている。ポターは健康に対する不安を常に抱き、それによってより内向的になり、批判精神だけが鋭くなっていった。

このような状況の中で、ポター自身の社交性も育たなかったのだろう。社交パーティーに行ったり、ティーパーティーを楽しんだり、ゴシップに花を咲かせたりという記録もあまり残っていない。また、ポター自身、自分が結婚するに値しない女性であると述べているると、アンドリュー・ノーマンは論じている。

この青年期には、六歳年下の弟バートラムが学校に送られてしまい、ポターは一人家庭で教育を受け、読書をしたり絵を描いたりしてきており、結婚適齢期を過ぎてもそれが継続されることになる。

ポター家を訪れる親類や知人も多かったが、その中の同世代の従妹たちは次々と結婚していった。二十代後半は、ポターの内向的で非社交的な性格とプライドの高さが原因で、親しい友人もいなかった。唯一、一八九四年に祖母側の裕福な親せきハットン家に滞在中に、娘のキャロラインが、ポターにとっては年下の妹のような存在となり、急速に親しくなっていった。ポターが二十九歳、キャロラインが二十四歳の時である。同世代の女性に対して厳しい目を持つポターが、年下のキャロラインに対しては、その知性と教養を認めていた。しかし、後にキャロラインも、名家に嫁ぐことになる。

ポターが十五歳から三十歳までの間、暗号で日記を書いているが、これは、母ヘレンに読まれたくないという理由だけでなく、ポターの中に潜在的にプライバシーに対する強い思い入れがあり、それの自己解決の方法だったとみる研究者もいる。

日記の中で、ポターは同世代の従妹たちに対して評価が低く、彼女たちの結婚話が持ち上がると、その結婚に関してかなり辛辣な批判をしている。その一方で、日記の中でまだ独身でいることの苦悩を語っている。

このような娘に、両親はどのように接していたのか？　少なくとも、父ルパートは、共通の趣味である絵画に関しては、ポターの良き理解者であった。絵の先生を雇ったり、様々なギャラリーに共に出向いたり、また犬やうさぎ、リスなど様々なペットをあてがった。

二十代半ばから、ポターは鉱石の収集やきのこ研究に没頭し始め、三十代に入ると二十代の頃より元気になったと自負しているが、それはある意味、諦めが優先したからではないか。

独身のポターの生活は、相変わらず、両親と共にロンドンに住み、夏は湖水地方で過ごすというものであった。結婚に至るような男性との出会いもなかった。

この時期には、きのこ研究者のチャールズ・マッキントッシュ、きのこ研究の理解者であった叔父のサー・ヘンリー・ロスコー、絵本の出版を応援してくれたハードウィック・ローンズリー司祭など、年配の男性との交流のみとなる。

同時に、この時期は、ポターがきのこ研究に関して大きな失望と挫折を味わった時期でもある。男性中心主義の学会から締め出され、その時の論文はいまだ行方不明である。燃やしてしまったか、どこかに隠してしまったかもわからない。無名の中流階級の独身女性は、階級と学閥に支配された学術界では、何の意味もなさないということを、ポターは思い知らされる。

そして、三十五歳になったポターは三十三歳のノーマン・ウォーンと出会う。その四年後に二人は婚約するが、その直後ノーマンは突然亡くなってしまう。この悲劇が、ポターの人生に異なる形で影を落とすことになる。

一九〇一年は、『ピーターラビットのおはなし』が出版された年であり、それは同時にその出版に関わったノーマンとの出会いの年であった。

それまで同年の男性との出会いがほとんどなく、ノーマンとの出会いは新鮮であったはずである。

ノーマンは、当時、父親がロンドンで立ち上げた出版社で仕事をしていた。ノーマンの父親はその後三人の息子に会社を譲る。このフレデリック・ウォーン社は、長男のハロルドが経営、次男のフルイングが販売、そして三男で末っ子のノーマンが製作と地方販売を担当することになる。

上の兄たちはすでに結婚して独立しており、独身のノーマンは、未亡人の母と未婚の妹と同居していた。

ポターは最初に『ピーターラビットのおはなし』を出版しようと試みた時に、原稿を送った六社すべてから断られている。その中には、フレデリック・ウォーン社も含まれる。その結果、自費出版をした。それが話題になった時点で、どうしても諦めきれないローンズリー司祭が、ストーリーを変えてもう一度フレデリック・ウォーン社に送っている。

最初はローンズリーを通じての話であったが、その後ポター自身がフレデリック・ウォーン社と出版に向けて具体的なレターのやり取りを始める。その中で、カラー印刷のことで折り合いがつかず、ポターは初めて同社を訪問し、ノーマンと出会うことになる。

ポターは出版に関しては妥協することなく、かなり明確に自分の意見を手紙では述べており、それは一貫して変わらない。

ただ、変わっていったのは、ノーマンへの手紙に、両親のスケジュールが変わり会いにいけない、ランチに招いていたのにだめになったなど、個人的なことが記載され始めたことである。

当時、母ヘレンは病気がちで、ポターは母の介護だけでなく、ポター家の様々な事柄に時間を割いていた。年老いていく両親が、以前よりも気難しくなり、ポターは両親の代わりに家を切り盛りするようになる。

そのような環境の中で、娘のポターに恋人と思われる男性が出現したのだから、両親は不安に陥ったに違いない。両親はノーマンがポター家に不釣り合いな階級の出であるとして反対したというが、それ以上に、三十五年間自分たちと共に暮らしてきた娘が離れていくことが怖かったのではないだろうか？

なかなか会えない二人であったが、一九〇五年七月二十五日、ノーマンはプロポーズの手紙をポターに送り、これをポターが承諾する。

ポターは三十九歳になっており、ノーマンは三十七歳であった。

このプロポーズまでに、ポターはノーマンの母や妹、他の家族には温かく迎え入れられていたという。ポターの両親の期待を裏切って、二人は、着実に結婚に向けて気持ちを寄り添わせていたのだ。

しかし、この婚約は公にはされず、その上、ノーマンの病気がポターに伝えられ、その知らせからちょうど一か月後の八月二十五日に、彼は亡くなってしまう。

このたった一か月間の婚約期間は、ポターにとっては人生の中で最も豊かで充実した時間だったのではないか。それが、悲しくも、突然崩れ落ちてしまったのだ。

ノーマンの葬儀にポターが出席したかどうかは不明である。また、ノーマンの遺書にはポターの名前はなかったという。

この前後、ポターは両親と共に北ウェールズに滞在しており、ロンドンに戻った形跡はない。恒例の三か月の夏の休暇を、叔父と叔母が所有していた屋敷を中心に、様々なところを転々として、滞在していた。

七月二十五日のノーマンへの最後の手紙で、その後の連絡先を告げている。それが、北ウェールズのハフォドーイーブリンである。十七世紀に建てられたマナーハウスで、現在は売りに出されている。

また、ノーマンの病気のことを知った後に、ハロルドに宛てたポターの七月三十日の手紙は、北ウェールズのウエストハムプステッドから送られている。その手紙で木曜日にはロンドンのオフィスに行くことが書かれており、ノーマンの病状を気遣う言葉が添えられている。

弟さんの様態が深刻にならないことを心から思っています。彼がマンチェスターに立つ前から、心配していました。悪い水にでもあたったのではないかと。お会いした時に、容体をお聞きできますわね？

ポターは、なんとかノーマンの病状を知ろうとしているが、この文面からは、ポターがノーマンの婚約者であるという親密感が読み取れない。手紙の中で、ポターは一言もノーマンの名前を出していない。婚約が秘密であったことと、この病でノーマンが亡くなることなど想像もつかなかったからであろう。

ノーマンの死後も、フレデリック・ウォーン社とのビジネス上の関係は続くし、ノーマンの家族との交流も続く。
ノーマンが亡くなってすぐ、ポターは叔父の家から、ノーマンから仕事を引き継いだハロルドに、九月五日付のビジネスレターを送っている。この手紙の中で、ポターはノーマンのことに次のように触れている。

私たちは、『アップリィ・ダップリィ』とカエルの『ジェレミーフィッシャー』の童謡を小型版から大型二・五シリングの本にしようかと考えていましたの。カエルが嫌いな人もいるのはわかっています。でも、ノーマンには、きっとすてきな本になることをわかってもらっていたと思います。背景に花や水生植物をたくさんあしらった本にすることを。そうなると、売れること間違いなしですもの。

この手紙で、ポターはノーマンという名前を出し、ノーマンとの信頼関係と親密度を推測できるような内容を語っている。
ここでポターが取り上げている『ジェレミー・フィッシャーどんのおはなし』は、一九〇六年に出版されている。しかし、童謡『アップリィ・ダップリィ』は、一九〇四年にポターが製作していたものであり、ノーマンへの手紙の中でも触れられているが、結局出版は一九一七年まで持ち越された。この時、フレデリック・ウォーン社は倒産の危機に陥っており、ポターはそれを救うために、それまであたためていたノーマンとの思い出の童謡集を出版することを決めている。

ポターは、この手紙の最後に、次の新しい住所を知らせる旨と、何も起こらない限りあと二か月は北ウェールズに滞在することを述べている。そして、一時的に九月末にロンドンに戻ると、また北ウェールズに戻り、最終的にロンドンに戻ったのは十月末のことであった。

一時的にロンドンに戻ったポターは、その前のハロルドへの手紙で望んでいた通り、彼の娘のミリーと会っている。さらに、ノーマンの義姉でフルイングの妻メアリーから、娘たち――ウィニフィレッドとエヴェリン――の写真を受け取っている。九月二十六日付の礼状に、ポターは、「ノーマンから子供たちのことは、よく聞いていました。まるで僕の小さな友達のようだよ」と、ノーマンを失ったポターへの彼女の思いやりに感謝し、次のように述べている。

・・・ロンドンに戻ったらすぐにいつランチにうかがえるかお知らせします。ご家族の皆さんには本当によくしていただいたこと言葉では言い尽くせないほど感謝しています。お宅にお邪魔するたびに、どれほど温かく迎え入れてくださり楽しい時を過ごしたことか。

ノーマンは姪たちを非常にかわいがっており、このウィニフィレッドに人形の家を造っていた。その家をポターに一度見に来るように言っていたが、行くことができなかったのだ。

ノーマンとの思い出にと、メアリーが姪たちの写真を送り、食事に誘ったと考えられる。この時点では、ポターがノーマンの婚約者であったことがウォーン家では明確になっていたと思われる。

その後、ポターはノーマンの姪たち、ウィニフィレッド、ミリー、ミリーの妹ルイズに長い手紙を書き続ける。まるでノーマンを失った悲しみを埋めるように、また、そこにもう一人の読者ノーマンがいるかのように、書き綴られるのである。

そして、一九〇六年八月、メアリーが男の子を生み、ノーマンと名付けられた。一年前に亡くなった叔父のノーマンの名前をもらった男の子の写真は、メアリーによりポターに届けられている。ミリーへの手紙でポターは、「なんて健康そうでハンサムなんでしょう。

お天気がよければ、次に伺ったときにお会いしたいわ」と述べている。

これ以降、ポターの手紙の中で、ノーマンに関することは出てこない。

ノーマンは永遠にポターの心の中に生き続け、ポターは新居となるはずであったヒル・トップで一人、そしてまたロンドンでは両親と暮らし、創作を続けた。この時、ポターは、年齢的に考えると、子供を産むチャンスを失っている。

『あひるのジマイマのおはなし』の中に、卵を産んでもふ化させてくれない農家から逃げ出すあひるの話が描かれている。これは、実際にポターがヒル・トップで飼っていた卵をふ化させるのが苦手だったあひるがモデルとされている。

ジマイマは、農家から逃げ出したものの、気持ちが良い野原で、紳士に化けた狐に出会い、その甘い言葉を信じて、ついて行ってしまう。

巣を与えてもらい、卵を産むが、その卵を取られそうになる。そこに救助にやってきた犬たちに助けられて、もとの農家に戻り、無事、卵はふ化して、ひよこたちと過ごす話である。

この話の中には、母性対母性を脅かす悪が描かれている。ポターには子供がいなかったことを、その創作に関連づけて論じる研究者がいる。しかし、母性というものは、子供を持っていない女性にもあるものである。ポターの中に、ノーマンとの子供を持つことができなかったという思いは強く残ったはずである。

ノーマンが亡くなって八年後に、ポターはウィリアム・ヒーリスと結婚し、ヒーリス夫人となる。四十七歳から亡くなる七十七歳までの三十年間、ふたりはおしどり夫婦として生涯を共にした。

夫婦には子供はいなかったが、多くのことを分かち合い、愛情を育てていった。

『こぶたのピグリン・ブランドのおはなし』は、ウィリアムとの結婚時に発表されている。ピグリンと黒の雌ぶたピグウィグが、手と手を取って、農園から逃げ出し新たな地にたどり着く話である。

ペティトーおばさんは八匹の子ぶたを生むが、食欲旺盛で全員を食べさせることができない。そこで、一匹以外は農園から追い出されることになる。その中のピグリンと弟のアレグザンダーは、ぶたの証明書を持って、市に向かうが、アレグザンダーはおまわりさんにつかまってしまう。二匹は離れ離れになり、ピグリンは一人森を抜け、道に迷ってくたびれたところで、パイパーソンの家に迷い込み、やっかいになる。ところが、そこには他の農夫から盗まれためすのぶたが監禁されていた。この美しい黒ぶたは、ハムとベーコンにされるところだった。そこで、二匹はこの家を抜け出して、逃亡の旅に出る。途中で顔見知りのグロッサリーのおじさんに出会ってしまうが、危機を乗り越え、丘の向こうのはるかな国に到着する。市で売られることも、食べられることもない平和な国にやってきて、二匹のぶたは喜んでダンスを踊る。

ポターの夫のウィリアムは九人の兄弟姉妹がいる大家族の出身であり、ポターは閉じ込められた人生を送ってきた。二人はそれぞれの半生を経て、出会い、そしてニア・ソーリー村という安住の地で生活を送ることになる。

この本の中で描かれている二匹のぶたが肩寄せあっている挿絵に関して、一九一三年十一月四日のマーガレット・ホウへの手紙の中で、ポターは、「これは、私と夫のヒーリスではありませんからね」とことわりを入れている。しかし、ポターとウィリアム以外誰が考えられるというのか。

この原稿は、一九一三年四月七日付でハロルドに送られている。その時ポターは、「私はずいぶんかわいいと思っています。でも、他の人がどう思うかはわからないわ」と述べている。

そして、ハロルドをせかし、また、ポターも七月から夏の間この本の完成にかかりきりになる。そして、おそらくポターがもくろんだ通り、ウィリアムとの結婚が予定されている十月に、無事出版された。ポターが、ウィリアムとの結婚を、どれだけ大切なことと考えていたかがわかる。

ポターの人生の中で、ノーマンとウィリアムは彼女の生き方に大きな影響を与えた。一人は、絵本作家としてのポターに、そしてもう一人は農婦としてのポターに。そして、それ以上に、二人と時間を共に過ごし互いを認め合う関係を持つことができたことがポターの宝となった。

第七章　ビジネスウーマンへの転身

『ジンジャーとピクルズやのおはなし』における商売繁盛への道

ポターは並外れたビジネスウーマンであった。二〇〇七年、ポターの伝記『ビアトリクス・ポター――ピーターラビットと大自然への愛』を発表したリンダ・リアが指摘している。

それは、ポターが絵本作家として売れっ子作家になった点からも、また絵本にとどまらずにピーターラビットの関連商品を考案して成功したことからも、明白である。さらに、最後は、ポターは農場経営者となり、農地の購入をし続け投資家にもなった。

絵本の創作時代においても、彼女は単なる絵本作家というより、自分の世界をプロデュースして、如何に売り上げに結び付けるかということを考えていた商売人だった。

このビジネスのプロデュースは、絵本作家になる前からすでに培われていた。

ポターは、自分の本の出版に関して、出版技術、美学的知識、そしてコストの面において一貫した価値観を持ち続けた。それは、彼女自身の中で培われてきたものもあるが、一九〇一年から一九〇五年の間、即ち『ピーターラビットのおはなし』の出版から編集者のノーマンが亡くなるまでの間に、その信頼関係の中で構築されたものでもある。

そして、その中でコストに関してのこだわりがポターにはあった。

三作目の『りすのナトキンのおはなし』が一九〇三年に出版された時、ポターは、『ピーターラビットのおはなし』での価格設定の失敗を挽回する提案をしている。

一作目の『ピーターラビットのおはなし』では、フレデリック・ウォーン社は、ペーパーカバーとクロスカバーの二種類の価格と質の違いをあまり出さないで出版してしまった。

ポターは、クロス版に明らかな差をつけて売れば、購買数が増えると意見したのだ。その結果、マンチェスターの祖父の会社のキャリコプリントからラヴェンダーの花柄の布地を選び、さらにタイトルと著者名を金色で入れることを提案して成功する。ポターは、プロデュースの達人であった。

『ジンジャーとピクルズやのおはなし』の中で、ピーターたちが頼りにしている村のグロッサリーの話が出てくる。これは、商売の難しさを描いた作品である。また、同時に、一人の実業家として、常に、出版社や陶器製造社、さらには不動産業者との交渉を行っていたポターの思いが描かれている作品でもある。

このジンジャーとピクルズやは、つけで買い物ができるので人気の店であった。売り上げはあったものの、現金が底をつき、経営者である雄猫のジンジャーと猟犬のピクルズは生活に行き詰まり、売り物を食べてしのぐこととなる。

赤字経営となり、ピクルズの鑑札期限も切れ、二人は通達された税金も払えず、にっちもさっちもいかなくなり、店を閉めて出て行く。

頼りにしていた店が閉店となり、動物の顧客たちは困る。そこに新たな商売の参入者、ヤマネのジョンが現れるが、うまくいかない。

最後に、ジンジャーたちの空き店舗を雌鶏のヘニー・ペニーが「めんどりや」として新装オープンする。ヘニー・ペニーは、お金の計算に大奮闘するも、現金払いに徹して、店の人気も上々で、商売繁盛で幕を閉じる。

このジンジャーとピクルズやは、実際にニア・ソーリー村にあったグロッサリーがモデルとされている。ポター自身が、一九四一年十一月二十四日のアメリカ人女性バーサ・マホニィ・ミラーへの手紙の中で記している。

その手紙には、地元で愛され頼りにされてきた小さな商店が、時代が変わり、世代が変わっていき、ついに閉店したことが書かれてある。ジョン・テイラーと妻、そして娘のアグネス・アンが長年営んでいた小さな店は地元ではなくてはならない存在であった。しかし、彼らが亡くなり、義理の娘が継いだが、彼女も年をとり、義理の姪に譲ったところ、店を閉じてしまったと書かれてある。若い人はそんな小さな店に縛られることを好まず、さっさと処分したのである。

この『ジンジャーとピクルズやのおはなし』は、一九〇九年に出版されたものである。この頃、ポターはすでに人気作家になっており、収入も増える一方であった。しかし、同時にヒル・トップの家のメインテナンスや新たな土地の購入にかかる費用の支出にも苦労している。

ポターは、ノーマンとの婚約前にすでにヒル・トップを購入しており、一九〇五年にノーマンが突然亡くなった後、一人ヒル・トップに移り、増築工事や改修工事を行い、周辺の農場の購入も始める。

一九〇八年八月十七日付のハロルドへの手紙で、ポターは支払いの催促をしている。

工事を始めてしまって、困っているのです。水道管なのだけれど。

今月末には五十ポンドいただけるかしら、そして十月にまた五十ポンド、それとクリスマスにも？（中略）
水道管の工事にはたぶん五十ポンドはかかると思うのです。パイプ代と人件費込みで。

そして、八月二十二日には小切手が届いたことを知らせる手紙をハロルドに送っている。しかし、その後ニア・ソーリー村の土地の購入費用が必要となり、十一月十七日のハロルドへの手紙で、「十一月は先週百ポンドの小切手を受け取るはずでしたわね。十二月初めにも別に小切手をいただけますわね？」と催促している。

さらに、十二月に入ると、ヒル・トップから十五日付のハロルドへの手紙で、「こちらの住所に小切手を送っていただくのが最善かと思います――十二月十二日か十四日の約束ではなかったかしら？　五十か六十ポンドあれば、しばらくやっていけますし、請求書の支払いもできます」と、やや強引に、しかし具体的に頼んでいる。そして、翌年の一月九日には、五十ポンドと三・一五ポンドの小切手の礼を述べる手紙を送っている。

その一九〇九年には、七月に『フロプシーのこどもたち』、八月に『ジンジャーとピクルズやのおはなし』を出版しているが、同時にその時期にニア・ソーリー村のカースル・

ファームを購入している。『ジンジャーとピクルズやのおはなし』が出版されると、九月十一日に、ポターはいち早く原稿料を催促している。

また、小切手をお願いできます？　できれば、地元の銀行に四十ポンド入金が必要です。ロンドンに戻ったら、新しい農地を買うローンの一部に充てる百ポンドをロンドンの銀行に支払いますので。

ポターが初めてフレデリック・ウォーン社と契約をした時、弁護士資格を持つ父のルパートが同席することを要望している。しかし、実務経験が全くないルパートは何の役にも立っていない。おそらく、ポターはその時点から自分で出版ビジネスに関わることを決めたのではないか？　ベストセラー作家となった後も、彼女はその手腕を発揮する。そして、未来の夫となる地元の弁護士ウィリアムには、このカースル・ファームの購入の際に知り合うことになる。

流行作家になり、原稿料や印税が入ってきて、自立しつつあったポターは、必然的にビジネスウーマンにならざるを得なかった。

編集者でよき理解者のノーマンは亡くなり、ポターは一人ヒル・トップで暮らし、ロンドンの両親の面倒も見ながら、経済的に自立せざるを得なかったのだ。年老いていく両親の資産管理に加え、自分の仕事のマネジメントを全て行わなければならなかった。そして、農場経営や不動産購入の良きパートナーとなるウィリアムに巡り合うまで、彼女は自力で経営手腕を発揮し、様々な分野を開拓していくのである。

そして、ポターは、ウィリアムと結婚し、農場経営と農地購入にさらに忙しくなる。同時に健康上の理由もあり、創作から遠ざかっていくが、自分の作品に関わるビジネスからは決して遠ざかっていない。それは、流行作家となってすぐの一九〇三年頃から一九一〇年までの初期、第一次世界大戦の間、さらに第二次世界大戦前に顕著にみられる。

その最も顕著な例が、ピーターラビットグッズの考案と作成である。

ピーターラビットブームは、ディズニーのミッキーマウスブームより二十五年も早くに起こっているとよく指摘される。絵本がベストセラーとなり、一九一七年十一月十三日の手紙で、うさぎは皆ピーターと呼ばれるようになったとポターが笑い話にしているほど、一つの突出した文化現象となる。

『ピーターラビットのおはなし』が一九〇三年の十二月までに六版出版され、ポターは次々と新作品を発表していく。その間、すでに十二月十日に、ノーマンに宛てた手紙で、キャラコでピーターラビットのぬいぐるみを自分で作り、なかなかの出来栄えだと報告している。

そして、十五日には、ノーマンに人形に興味があるかどうか確かめる手紙を出し、二十八日にはロンドンで商品登録を済ませている。この点は、前年にフレデリック・ウォーン社がアメリカでの登録を忘れていたことを受けて、ポターなりに行動に移したのであろう。

その後、一九〇四年十月には子供部屋用の壁紙のことを、十二月七日にはボードゲームを考案したことをハロルドへの手紙で書き記している。このボードゲームは、この時点では商品化されなかったが、後にフレデリック・ウォーン社が倒産の危機に陥った時に、再度見直されることになる。ポターは、一九〇八年には、フレデリック・ウォーン社に陶器の注文を行うことを相談している。

これら初期の頃の商品開発に関しては、最初思うような商品に仕上がらず、ポターは品質の低さを鋭く批判している。しかし、これらの商品登録により、ポターの収入は増えた。

一九一七年、ハロルドが詐欺で逮捕されるという事件が起き、フレデリック・ウォーン社の経営が立て直され、ハロルドに代わりフルイング・ウォーンが責任者となる。この経営難を救う手立ては、ポターの作品の商品化を増やすことであった。

しかし、ドイツで製造されたぬいぐるみも陶器のティーセットも満足いくものではなかった。ポターは四月三十日の、フルイングへの手紙で、この点を分析し、鋭く批判している。

そして、初期にポターがフレデリック・ウォーン社に渡していたボードゲームをフルイングの妻メアリーが作り直してみたという知らせを受ける。それを、ポターは夫の甥や姪と試してみて、その感想を詳細に書き送っている。また、ハンカチや筆記用具の商品化に賛成していることから、これもフレデリック・ウォーン社からの提案だと思われる。

最後に、一九二〇年代に入ると、塗り絵、カレンダー、クリスマス・カードに加え、新たな壁紙の生産の話が持ち上がる。この時期は、ポターが周囲の土地を買い占めていたころで、関連商品の売り上げはそのための貴重な新たな財源となった。もちろんフレデリック・ウォーン社は絵本の新作とそれに伴う商品を期待してポターに依頼するが、ポター自身は新作を描くことをすでに諦め、手厳しい手紙をフルイングに送っている。

絵本の創作がストップする中で、ポターは新しい壁紙が、祖父のエドモンドの姉妹会社であるランカシャーの会社が取り扱うことになることを知る。その時も、厳しい注文をつけている。また、新たなイラストを描く必要がないクリスマス・カードやカレンダーの製作にも同意している。

この時代のポターは農場経営に重心が移っており、あらゆる手段を使って、土地の購入に必死になっていた。最終的には湖水地方の保護のためであり、私利私欲のためではないが、収入が必要であった。アメリカなど海外にも寄付を募ったり、作品の戯曲化への許可や病気の子供たちのための基金協力なども惜しまなかったが、最終的にはナショナル・トラストへの賛同者を求めていた。

そして、最後に農場経営者としてのポターの話に入っていくわけであるが、これはビジネスではなく湖水地方の景観と農業を守る活動であった。そのため、印税などの収入や寄付金はすべて、この活動に費やすことになる。

この土地の購入に関しては、地元の弁護士であるウィリアムの協力が極めて大きかったとされている。しかし、彼女自身の観察力の鋭さは群を抜いており、土地や農家の所有者である隣人に関して、亡くなることを予測してまでも、情報収集を行うなど、かなり実務的であった。

もちろんこれは、所有者が亡くなってから思わぬところに土地が売却され、農家が取り壊されたり、土地が荒れ放題になることを防ぎたい一心なのであるが、ポターが書き残した手紙を読んでいると、かなり貪欲であると感じる。

強引ながら切実な思いを、一九二六年六月二十六日のナショナル・トラスト事務局長であったハーマーへの長い手紙に、次のように書き綴っている。そこで、ポターは二年前に購入した物件トラウトベック・パークを守るために、あとどの土地を購入しなければならないかを語っている。

（トラウトベック）パークを完全なまま残すには、パークと私が道路に沿って買った土地との間の長い土地を買う必要があります。プール家の土地は、あの老いた奥さんが亡くなれば、売りに出されることは確かです。だから道路に接するところできれいに切り取ったのです。誰かに割り込まれて買われて、土地が高騰しないように。

このような文面が続くのであるが、ポターは綿密な計画の下で土地を買い占めていることがわかる。

ポターのビジネス魂は、亡くなる直前まで衰えることはなかった。むしろ、戦争が激しくなり、アメリカの友人への手紙の中で、ポターはしきりにアメリカの援助が必要であると何度も力説している。

これらの投資活動の結果、ポターは四千エーカーの土地と十五軒の農家、多くのコテージといくつかの採石所を所有する大地主となる。そして、そのすべてをナショナル・トラストに寄贈した。それらの農地は、ナショナル・トラストから個人に貸し出され、今でも酪農が営まれている。

しかし、ポターが起こしたビジネスは、皮肉にも現代の湖水地方の観光化へとつながってしまった。湖水地方の地価は上がり続け、地元の若い世代は親と同じように、故郷に家を建てて暮らすことができなくなった。

マンチェスターの大富豪たちが建てた屋敷はホテルやレストランになったり、分割され改装されたフラットとして売りに出されたりしている。町の中心部のタウンハウスは、B&B街となり、点在するコテージは、セカンドハウスとして売りに出されたり、ヴァカンス用に貸し出されたりしている。湖水地方の小さな街では、テナント料が上がり、ジンジャーとピクルズやのように、閉店を余儀なくさせられる個人商店が後を絶たない。

そして、湖水地方は、人口流失と人手不足が避けられない課題となり、経済不振が慢性化してしまった。

ポターが生きていたら、今の湖水地方の状況を見て、どのように思うであろうか？

第八章　オピニオン・リーダーへの進化
『りすのナトキンのおはなし』における権力への抵抗

ポターは、ビジネスの才覚も改革者としての姿勢も、隔世遺伝で祖父のエドモンドやその世代の人々から引き継いでいるようだ。

特に、晩年はナショナル・トラスト運動をはじめとして、社会的活動に没頭する。その背景には、変貌を遂げつつあったイギリス社会の中で、しかも第一次世界大戦から第二次世界大戦を生きたポターの人生が反映されている。

ポター自身が改革者であり、その改革者としての土壌はすでに若い頃にあったと思われる。

『りすのナトキンのおはなし』の中で、島の主であるフクロウに、リスたちは貢物を持って行っては、森で木の実を取らせてもらうという絶対的支配者と被支配者の関係が描かれている。ところが、この話の中に、一匹だけ反抗するリスが出てくる。それがナトキンである。

ナトキンは皆と協力して貢物になる魚を釣ったり、蜂蜜を集めたりもしない。貢物なしでフクロウのところに行き、なぞなぞをかけて何とか話させようとする。しかし、フクロウは全く話さない。最後にナトキンはフクロウに捕まえられて皮をはがされそうになるのだが、なんとか命拾いをする。しかし、その時に尾っぽが半分に切れてしまい、ナトキンの尾っぽは短くなってしまったというおはなしである。

ポター一族は、少なくとも曽祖父の時代からユニテリア派で、繊維業に携わってきた労働者であり商人であった。

一八〇二年生まれのポターの祖父エドモンドは、実業家としてだけではなく、一八六一年から一八七四年まで、自由党から国会議員に選出されて、カーライルで議員として活躍した。

当時のユニテリア派の実業家を代表するように、彼は身近なところから改革を行っている。

その中で、エドモンドが、教育改革に尽力したことは重要である。買い取った綿工場の二階に、工場で働く労働者たちの子供の学校を創設したり、絵画の収集家でもあった彼は、マンチェスター・スクール・オブ・デザインの創設にも関わり、校長にも就任している。また、祖母のジェシカ・ポターも、ポターにとっては大切な存在だった。ポターが絵画に夢中になり始めた十八歳の時に、ジェシカはポターにピエールポイント・ジョンソンの『英国の野生の花』一八八二年版を送っている。

また、ポターの母方の祖母、ジェーン・リーチは、マンチェスターのスタレイブリッジにあるゴース・ホールに住んでおり、一八六一年に夫を亡くしている。彼女の人生もまた、ポターに少なからず影響を与えている。

ジェーン・リーチは一族が経営する綿工場で働く労働者のための学校を創り、特に女子教育に力を入れた。夫が死んだ年にアメリカで南北戦争が勃発し、アメリカからの綿の輸入が急激に減少して、翌年にはスタレイブリッジでは七千人もの綿業者が職を失うことになる。その時に、ジェーンは、以前の住居ホブ・ヒル・ハウスを学校にして、労働者とその妻や子供たちの学びの場とした。その中で、ポターの母もほかの兄弟と共に、この学校で指導にあたったことがある。女性には、料理、裁縫や家庭科などを教え、台所には食事を準備した。そして、その場にその地のユニテリア派日曜学校第一号も開校した。一八六二年のことであった。

しかし、ポターの母はその精神性を受け継がず、結婚すると有閑マダムに収まるわけであるが、この祖母が残した学校にポターは晩年関わることになった。

一九一二年二月三日のハロルドへの手紙で、ポターは、ネリー・オリビアという学校の先生からバザーの依頼を受けたことを告げている。その学校のことをポターは、「私の祖母ゴース・ホールのミセス・リーチが、もう四十年も前に、綿工場の労働者の子供たちのために始めた学校」であると説明している。その学校の経営に、リーチ一族はもう誰も関わってはいなかったが、この縁を無下にすることなく、ポターは自分の本を割引で売ることを提案している。

教育改革に携わったポター家の祖父エドモンドとリーチ家の祖母ジェーンは、ポターの精神性の根源と言えるのではないだろうか。

ポターの改革精神が最も顕著に表れるのはナショナル・トラストへの参画である。ナショナル・トラストとポターの関係も、突然ではなく、ローンズリーとの長い間にわたって培われた理解、共感、そして信頼によって生まれたものである。

ポターが初めてローンズリーと会ったのは、一八八二年、ポターが十六歳の時である。当時、ポター一家は湖水地方のレイ城を借りており、このレイ城の当時の持ち主が、ローンズリーの従兄弟であった。また、ポター一家がリングホルムに滞在中にも親交を深めており、ローンズリーがイギリス国教会の牧師であるにも関わらず、ポターは深く尊敬するようになる。

当時、ローンズリーは、ポターの祖父や祖母のように、貧困者のための学校を数校創設しており、それに加え住居改善、衛生改善、さらに環境破壊を伴わない農業のあり方や自家製品の促進などの運動に携わっていた。フットパスを始めたのも彼だった。

また、湖水地方の保全にも乗り出し、一八三三年には、ナショナル・トラストの前身とも言える湖水地方保護協会を設立した。

ローンズリーが、住宅・環境活動家であったオクタビア・ヒルと弁護士ロバート・ハンターと共にナショナル・トラストを正式に立ち上げたのは、一八九五年であった。当時、ポターはきのこ研究に夢中になり始めており、湖水地方やスコットランドできのこの採集をしては、絵を描いていた。

そして、ローンズリー自身、多くの本を出している著述家であり詩人でもあった。一九〇一年にポターの才能を信じ、『ピーターラビットのおはなし』の出版に尽力してくれたのも、このローンズリーであった。

そして絵本作家として成功を収めたポターが買ったのが、湖水地方のヒル・トップであり、一九〇五年からこの地がポターの生活の中心となる。

この頃、ローンズリーは英国教会での地位を確立し、ケズィック近郊の教会の教区付司祭、さらにはカーライルの名誉司教座聖堂などの高位職に就く。しかし、一九一六年には妻を失い、自らも病のために妻の葬儀にも出席できないほど衰弱していた。
そのローンズリーが三十四年務めた聖職の場を退き、引退することになる。前年の十二月三十一日に妻を失ったローンズリーに、一九一七年二月十五日付で、ポターは次のような手紙を送っている。

もっと早くに私と母がお悔やみを申しあげるべきでしたのに、それは決して無頓着からではなかったことをお解りいただけると信じています。ご病気だとお聞きしていましたし、多くの方からのご弔電を受け取られ大変でいらっしゃると察したからです。それに、どう言葉をかけてよいかもわかりませんでした。私自身、年を取るにつれ、人のこころや記憶というものがどのように過去に戻っていくかということを知る年になりました。（中略）

昨年の夏に奥様にお会いした時のショックはどれほどだったか、お判りいただけると思います。あの時の様子は、もう本当の——最も残酷な死——生きながらえた死としか思えませんでした。

ローンズリーは、一九一八年に彼を支えていた秘書と再婚するが、一九二〇年にこの世を去る。彼が最も愛した湖水地方のグラスミアにおいて。

ポターも、この時期、高齢の両親の介護に追われ、一九一四年に父が、さらに一九一八年に弟が亡くなっている。ポターは、この弟の突然の訃報を、九月十三日付の手紙で、ローンズリーに次のように伝えている。

ローンズリーご夫婦が大切な人を失ったことと同じ思いを私たちもしていることをお伝えすることになりました。突然の訃報の知らせはとても慈悲深いものですが、ショックでしかありません。すぐに受け入れることができません。いまだに、バートラムが死んでしまったとは受け入れられないのです。それも、人生の盛りに、まだまだできることがあったでしょうに。

ポターは人生の中で、特にこの時期、多くの近親者の死を経験する。その中で、彼らの人生を思い、老いていく自分の残された人生に、新たな目標を持つようになったと思われる。

ポターがナショナル・トラストと直接やりとりをするようになったのは、一九二〇年代後半である。しかし、ポターはすでにナショナル・トラスト運動に大きな関心を抱いていた。特に一九一三年のウィリアムとの結婚後は、彼の情報網のおかげで、周辺の広大な土地を購入していく。

しかも、ポターが土地の購入に力を入れた時期は、一九一四年から一九一八年の第一次世界大戦の政治的・経済的に不安定な時代と、一九二九年に始まる世界大恐慌時代、さらにはその後に続く第二次世界大戦の時代であった。

この土地の購入を続ける間に、ポターは社会情勢に敏感になり、政治的な意見を述べるようになる。

戦争に関して、湖水地方の生活の中での変化、また家族の中での体験を中心に書き残している。

一九一四年の八月三日、イギリスのドイツへの宣戦布告の前日にハロルドに宛てた手紙で、迫りつつある戦争への脅威を次のように語っている。

バロウの造船所地域には兵士たちが集められているそう――ここからほんの数マイル先に――ビッカーズ・マキシム造船会社には、最近完成したばかりの二隻の戦艦が停泊していて、そのうちの一隻は「トルコ」に輸出されるそう。

湖水地方の南西の端に位置するバロウ・イン・ファーネスは鉄鋼業から造船業で栄え、一九一四年までにはイギリスで最も高度な潜水艦艦隊を送り出す港となり、その九四％をこのビッカーズ・サンズ・マキシム社が請け負っていた。さらに、それらは、トルコや日本も含め世界各国に輸出された。

また、開戦後の十二月十六日には、ベルギーから炭鉱に働きに来ている労働者が、スパイ容疑を恐れてイギリスに来なくなることも、ポターは指摘している。

第一次世界大戦中、ベルギーから多くの難民が西カンブリアとファーネス地方にやって来ていた。彼らは、特にバロウ・イン・ファーネスの造船所とホワイトヘヴンの炭鉱所で働くこととなる。最初の難民が十月二十九日に着いて以来、その氏名や正確な日時等が今でもカンブリア州には保存されている。また、当時は新聞報道などで、湖水地方では大きな関心事となった。

さらに戦争により多くの命が失われることに、ポターは憤りを感じる。特に地元から出兵した若者の訃報が伝えられた時には、「悲しい喪失」だと言っている。

戦争がもたらす経済的打撃に関しては、フレデリック・ウォーン社からの支払いが滞る度に、戦争で出版業界が痛手を受けていることを認識していると述べている。一九一五年五月十五日には、戦争が経済に与える影響を述べ、バロウ・イン・ファーネスの貿易商から聞いたことを告げている。

さらに、ポターは、戦時中の女性と労働に関する議論の中で、農業に従事する女性について新聞に匿名で投書をしている。これは、一九一六年三月七日の『タイムズ』に掲載された記事に対する投書で、同年三月十日に「農地の女性たち」というタイトルで、差出人は「女性農婦」となっている。

この記事では、農夫を戦場に兵士として送り出し、その代わりに女性を雇い、それ相応の報酬を支払うべきだという趣旨のものであった。それに対して、ポターは農場での労働と軍需品工場での仕事の違いと報酬に関する意見を述べている。

第一次世界大戦が終わると、失業やストライキが社会問題となり、さらに一九一九年から一九二一年までアイルランド独立戦争が起こる。

その頃、バロウ・イン・ファーネスの造船業にも陰りが見え始め、さらにアイルランド独立問題の余波を受けて混乱が起きていた。一九二一年三月四日付の手紙で、ポターは、「この辺りはまだ失業問題はないけれど、バロウは最悪のよう。アイルランド人の数が増え、かなり危険な状態と警察が発表している」と記している。

もともとバロウ・イン・ファーネスには、十九世紀の大飢饉の時以来、アイルランドからの移民が多くやってきていた。その理由は、バロウ・イン・ファーネスがアイルランドの対岸沿いにあることと、産業革命以降、町が鉄鋼業を始め造船業で繁栄し、仕事にありつけたことである。ピーク時には住人の七%から十一%をアイルランド人とスコットランド人が占め、今でもその子孫たちが多く住む。イギリスの支配下にあったアイルランドからイギリスに渡ることも容易だった。それが独立問題で急変する。

また、一九二六年一月には、ポター自身が出版業界のストライキのあおりを受けることになり、労働者が抱える深刻な問題に直面する。

このきっかけは、ピーターラビットのクリスマス・カードがウィンダミアのW・H・スミスに入荷できていないことをポターが知ったことだった。この頃ポターは精力的に湖水地方の土地を買っており、ポターグッズの中で人気のあるクリスマス・カードの売り上げを気にしていた。

イギリスでは、一九二六年のゼネラル・ストライキでイギリス中が大混乱に陥った。九日間にわたるゼネストは、炭鉱労働者の賃金や労働条件改善を求めた試みであったが、鉄道、造船、鉄鋼などの主要産業の労働者が参加したため、国全体が機能しなくなり、経済的にも政治的にも大きな打撃を与えた。

このゼネラル・ストライキの前、一九二五年十二月に、書籍業界のストライキが勃発している。これは、特に出版業界で働く梱包や運送に携わる労働者が賃金改善の要求を出して、二か月も続いたストライキである。この為に、クリスマス時期に大混乱が生じ、クリスマス・カードのみならずクリスマス・ブックなどの書籍の売り上げに大きな影響を与えたと思われる。

この様に政治的、経済的に世界が大きな試練に直面する中で、ポターはイギリスの、特に湖水地方に住み続けた。

また、ポターが関わったキャンペーンには動物保護と湖水地方景観保護の二つが挙げられる。

湖水地方の保護に尽力したポターは、ローンズリーの遺志を継いで、その自然景観や生活を脅かすものに断固として立ち向かっていく。

その一例が、湖水地方のレジャー化に伴い、水上飛行機が生産され、ウィンダミア湖の上を飛ぶようになり、湖水地方の平和な生活を乱し危険を伴うとして、追放キャンペーンを行っている。

一九一二年一月十三日付で『カントリー・ライフ』の編集者に宛て長い手紙を書き、キャンペーンに成功している。

・・・一六三五年の十月十九日以来、ここウィンダミア湖では事故は起きていません。

（中略）

しかし今、湖の平和は、水上飛行機の出現により、かき乱されています。ボウネス湾とフェリー乗り場の間にある、コックショット・ポイントに飛行機工場ができたことでも、また来年の夏までにさらに五機を製造することにも、恐れおののいています。

このキャンペーンに関して、同年一月二十七日付でハロルドに、ポターは、実名を挙げながらキャンペーンに反対した貴族たちのことを皮肉たっぷりに述べている。このキャンペーンにより、飛行機工場は閉鎖され、ウィンダミアから水上飛行機は姿を消すことになる。

また、第二次世界大戦中には、ポターはヒトラーを批判し、さらに戦争により表現の自由がはく奪されることにも憤りを感じていた。

ポターは、晩年、特にアメリカ人との交流を深め、多くの手紙を送っているが、第二次世界大戦中はそれらの手紙が検閲にかかっていた。ポターは、アメリカ人への手紙の中で、イギリスにおける戦争の犠牲者のことを頻繁に書いていた。

一九二一年の夏に、ニューヨーク公立図書館の児童文庫部長であったアン・キャロル・

ムーアの訪問をニア・ソーリー村で受け入れた。これは、名声を得た後に近づいてくる人を寄せ付けなかったポターには、珍しいことだったという。その後、アメリカからの訪問客を受け入れ、積極的にアメリカからの助成金を期待するようになる。アメリカの中流階級の読者層に受け入れられ、アメリカでの人気が高くなり、ポターは、一度は出版社さえアメリカの出版社に変えてしまう。そして、図書館、教育関係者、研究者との交流を深めていく。

一九三八年十月四日付のアメリカ人女性ペリーへの手紙で、ポターはヒトラー台頭に関して、次のように記している。

ラジオのヒトラーの演説はアメリカまで届いていますか？　荒れ狂った狂人の怒号ではありませんか？　ドイツ語で、早口でまくしたてられては、十分に理解はできません。でもただわめくだけの演説を笑みを浮かべて行っている写真を新聞で見ると、正気とは思えません。チャンバレン首相が彼の公約を信じるなら、それは救いようのない楽観者としか言えません。

この時すでに、湖水地方でも、ドイツの空爆に備えてガスマスクが支給されており、ポターは間違ったサイズが支給されたことを記している。

一九三九年九月三日にイギリスがドイツに宣戦布告すると、夫のウィリアムは徴兵の知らせを受ける。しかし、健康上の理由で兵役を免れ、その代わりに、農地において戦中の食料補給を監督・監視する委員会の一員として仕事をすることになる。彼は、一九四一年、七十歳で定年となり、この仕事から解放された。

また、ポターのロンドンにあったボルトンの実家は、一九四〇年十月十日に、ドイツ空軍による爆撃で破壊された。

その後、ポターは手紙や小包が不明となることに不安を募らせ、一九四一年付のアメリカのハーディー研究者であるカール・ウェーバーへの手紙で検閲にあっている可能性を示唆する。


すごく多くの手紙が行方知らずになっています。なのでもう一度お知らせします。三月七日以降は何もハーディーの本をお送りしていません。間に挟んだ手紙が紛失したか破棄されたのではと思っています。検閲官に開けられたり、海の底に沈むことも考えられます。

湖水地方に住み古書収集をしてポターと知り合いになっていたアメリカ人女性が突然亡くなり、その家から貴重なハーディーの文献が発見された。これを受け、ハーディー研究家のウェーバー教授が、ポターにその本を譲り受けたいと申し出たのだった。ポターは当初個人ではなく図書館等に寄贈することを考えたが、最終的にウェーバー教授に渡すことになっていた。

この様に、明らかに政治的ではない書簡もすべて検閲にかかっていたことを考えると、ポターの政治的姿勢や発言がすでに知られていたことになる。ポターが亡くなる前に送ったアメリカ人への手紙には、悪化する戦局と戦争被害が頻繁に描かれていた。特に、湖水地方の町が疎開者でいっぱいになり、ランカシャーの他の町でも、疎開していた少女や家族が爆撃で亡くなったこと、ロンドンで甥が亡くなったことなどを克明に記録して、書き送っていた。

この様に社会改革派になっていったポターは、ファンの子供たちにも返事を頻繁に出している。また、戦争中にも子供の絵本が売れることに関しては、鋭い洞察力で分析している。暗い時代にも、子供たちに夢を届けているという思いは強くなっていったと思われる。

しかし、ポターが完全な平和主義者であったかというと、それは疑わしい。戦争が激しくなってくると、ポターは自分を高く評価してくれる豊かなアメリカ人に対して、同盟国であるという点からも、多くの手紙を送っているが、その中でポターは、軍事を支持している。一九四一年十二月二十四日の手紙で、「我々が勝たないと！」と述べている。ポターは、アメリカ人への手紙の中で、ナチス・ドイツと日本は絶対的な悪であり、日本のことを「ジャップ」と言ってはばからない。

ポターは終戦を待たずに亡くなった。もし、ポターが戦後生き続けたとしたら、改革者としてどのような発言をしたであろうか？

あとがき

この『ビアトリクス・ポターの謎を解く』は、偶然に誕生した。それも、湖水地方の入り口、ランカスターの地においてである。

二〇一八年九月から二〇一九年九月までの一年間、同志社大学より在外研究でイギリスに滞在することになった。

それは、私自身ある意味、今までの研究の在り方を、一度、客観的に見つめたいということがあったからである。

一九九〇年に、三年半に及ぶアメリカでの研究生活に終止符を打ち、帰国して日本の大学で教え始めてから、三十年になろうとしている。そんな自分に対して、戒める必要を感じるようになっていた。アメリカから帰国後は、学会発表で世界各国を訪問する機会にも多く恵まれた。しかし、同時に、家庭を持ち、子供を育てていき、大学での仕事にも追われ、長期の在外研究はどんどん遠退いていった。

両親が超高齢者となり高齢者施設での生活が安定したことと、娘が大学を卒業して社会人になり、この機会を逃してはと、一大決心をすることになる。

定年を迎えていた夫には、「それって、若い人が行くもんじゃないの？」と言われ、周囲からも「なんで今更？」という視線を感じてはいた。

しかし、逆に、若い頃の留学ではなく、自分の人生のストーリーが終わりに近づいている中で、その経験や感性を最後に表現して残したいと思うようになっていた。研究における終活である。

基本的に、得意とする研究分野は現代英米文学で、現在では、特にポストコロニアル理論に基づいてワールド・リタラチャーに関して研究を行っている。

また、ヴァージニア・ウルフの研究に長く携わってきた私には、ポターは研究の範疇外の作家であった。

ウルフは意識の流れ手法を実験的に取り入れたモダニズムの巨匠である。一方で、ポターは、かわいい挿絵で世界を魅了した絵本作家である。ウルフはポターより遅く生まれ、早くに亡くなっている。ウルフもポターもロンドンに住んでいた。彼女たちは同じ時代を共有し、同じ世界を体験しながら、接点が全くない。むしろ、真逆である。

しかし、今回、ポターの手紙と日記を読むと、なんとそこにはウルフと同じ世界が描かれていたことに気付いた。二人とも、男性中心主義のヴィクトリア時代に生まれ、家庭での教育しか受けられなかった。精神的病に苦しみ、華やかな社交界にもなじめない青年期を送る。最終的には、よき理解者である夫との生活を送ったが、子供は産まなかった。そして、何より、ウルフが一九二九年出版した随筆『自分自身の部屋』の中で言っている、「女性が作家として自立するためには、年収五百ポンドと鍵のかかる部屋」が必要という言葉通り、ポターはその条件を満たし、プロの作家になった。そして、同じ一九二九年に、ポターは『妖精のキャラバン』を出版している。

その様なウルフとポターに関する発見があったと同時に、私はライフ・ライティングに興味を持ち始めていた。ライフ・ライティングとは、一言で言うと、自分史を書くことである。

そして、作家のライフ・ストーリーに自分のライフ・ストーリーを重ね合わせてみたいという思いが強くなっていた。

ランカスターに住み始め、湖水地方に何度も足を運ぶうちに、湖水地方では、ポターやドロシー・ワーズワースだけでなく、多くの女性が活躍したことを知るようになる。図書館で本を借りて読んでいるうちに、思いもかけず、どんどんと、ビアトリクス・ポターにのめり込むことになった。

彼女の人生は、なんと波乱万丈であったか。それは、あの『ピーターラビットのおはなし』の挿絵を描いた絵本作家という枠を超えていた。

そして、久しぶりに、もう一度、『ピーターラビットのおはなし』シリーズの小さな絵本を手に取ることにもなった。当時小学校一年生だった娘とヒル・トップを訪れてから、十七年も経っていた。

私の中で、新たなビアトリクス・ポターの像が浮かび上がってきた。

そして、この本ができあがったのである。

ポターの著作とポターに関する書籍には日本語の翻訳も出ているが、英文から日本語への翻訳は全て著者によるものである。

資料収集をする上で、Armitt Museum and Library, Bodleian Library(University of Oxford), British Library, Elizabeth Gaskell's House, John Ruskin Library (Lancaster University), John Ryland Library (Manchester University), Lancashire County Library, Lancaster University Library, Manchester University Library, Oxford Center for Life-Writing (University of Oxford), Pankhurst Center, Victoria and Albert Museum Archives には非常にお世話になり、感謝します。

湖水地方アンブルサイドのアーミット美術館・図書館のキュレイターであるデボラ・ウルシュ（Deborah Walsh）氏と職員の皆さんには、リサーチで訪れるたびに多くのサポートを受け、心より感謝します。

ランカスター大学英文学・創作学科の研究主任ジョン・スチャド（John Schad）教授、またランカスター大学における研究活動だけでなくランカスターでの生活をサポートしてくださったトニー・ピンクニー（Tony Pinkney）教授、奥様で、ヴァージニア・ウルフの著名な研究者であるマキコ・ミノウ・ピンクニー（Makiko Minow-Pinkney）先生には心より感謝いたします。

そして、留守中の様々な問題をLineで次々とスムーズに解決してくれた娘彩華に、この本を贈ります。

参考文献

I. ビアトリクス・ポター作品リストA（出版順、記載がない場合はPublished by Frederick Warne, London, UK)

1901 *The Tale of Peter Rabbit* (privately printed)
1902 *The Tale of Peter Rabbit*
1902 *The Tailor of Gloucester* (privately printed)
1903 *The Tale of Squirrel Nutkin*
1903 *The Tailor of Gloucester*
1904 *The Tale of Benjamin Bunny*
1904 *The Tale of Two Bad Mice*
1905 *The Tale of Mrs. Tiggy-Winkle*
1905 *The Tale of The Pie and The Patty-Pan*
1906 *The Tale of Mr. Jeremy Fisher*
1906 *The Story of A Fierce Bad Rabbit*
1906 *The Story of Miss Moppet*
1907 *The Tale of Tom Kitten*
1908 *The Tale of Jemima Puddle-Duck*
1908 *The Roly-Poly Pudding*（後に *The Tale of Samuel Whiskers* と改題）
1909 *The Tale of the Flopsy Bunnies*

1909 *The Tale of Ginger and Pickles*
1910 *The Tale of Mrs. Tittlemouse*
1911 *Peter Rabbit's Painting Book*
1911 *The Tale of Timmy Tiptoes*
1912 *The Tale of Mr. Tod*
1913 *The Tale of Pigling Bland*
1917 *Tom Kitten's Painting Book*
1917 *Appley Dapply's Nursery Rhymes*
1918 *The Tale of Johnny Town-Mouse*
1922 *Cecily Parsley's Nursery Rhymes*
1925 *Jemima Puddle-Duck's Painting Book*
1928 *Peter Rabbit's Almanac for 1929*
1929 *The Fairy Caravan* (David McKay, Philadelphia, USA)
1929 *The Fairy Caravan* (privately printed)
1930 *The Tale of Little Pig Robinson* (David McKay and Frederick Warner)
1932 *Sister Anne*, with illustrations by Katharine Sturges (David McKay)
1944 *Wag-by-Wall* (The Horn Book, Boston, USA)
1944 *Wag-by-Wall* (limited edition, 100 copies)
1952 *The Fairy Caravan*
1970 *The Tale of the Faithful Dove*, with illustrations by Marie Angel
1971 *The Sly Old Cat*

1973 *The Tale of Tupenny, with illustrations by Marie Angel*

1987 *Wag-by-Wall*, with illustrations by Pauline Baynes

1987 *Country Tales*: 'Little Mouse,' 'Daisy and Double,' 'Habbitror,' with illustrations by Pauline Baynes

＊日本語訳（石井桃子訳、福音館書店、それ以外は明記）

『ピーターラビットのおはなし』

『りすのナトキンのおはなし』

『グロスターの仕たて屋』

『ベンジャミンバニーのおはなし』

『2ひきのわるいねずみのおはなし』

『ティギーおばさんのおはなし』

『パイがふたつあったおはなし』

『ジェレミー・フィッシャーどんのおはなし』

『こわいわるいうさぎのおはなし』

『モペットちゃんのおはなし』

『こねこのトムのおはなし』

『あひるのジマイマのおはなし』

『ひげのサムエルのおはなし』

『フロプシーのこどもたち』

『「ジンジャーとピクルズや」のおはなし』

『のねずみチュウチュウおくさんのおはなし』
『カルアシ・チミーのおはなし』
『キツネどんのおはなし』
『こぶたのピグリン・ブランドのおはなし』
『アプリイ・ダプリイのわらべうた』
『まちねずみジョニーのおはなし』
『セシリ・パセリのわらべうた』
『こぶたのロビンソンのおはなし』

その他の本

『ピーターラビットのぬりえ帖』
『こねこのトムのぬりえ帖』
『あひるのジマイマのぬりえ帖』
『ピーターラビットのアルマナック』
『妖精のキャラバン』
『妹アン』（挿画——キャサリン・スタージス）
『ふりこのかべかけ時計』
『はとのチルダーのおはなし』（挿画——マリー・エンジェル）
『ずるいねこのおはなし』
『2ペンス銅貨のおはなし』

II. ビアトリクス・ポターに関する参考文献

Battrick, Elizabeth. *Beatrix Potter: The Unknown Years*. Armitt Library & Museum Center, 1999.

Beatrix Potter. *Beatrix Potter's Letters*. Selected and Intro. by Judy Taylor, Frederick Warne, 1989.

———. *The Journal of Beatrix Potter from 1881 to 1897*. Ed by Leslie Linder, Frederick Warne, 1974.

———. *Letters to Children from Beatrix Potter*. Ed. Judy Taylor, Frederick Warne, 1992.

———. "Roots of the Peter Rabbit Tales." *The Horn Book,* May 1929.

Beatrix Potter and Mrs. Heelis. Beatrix Potter Studies IV: Papers Presented at the Beatrix Potter Society Conference, Lancaster, July, 1990. Avocet Press, 1991.

Buckley, Norman and June. *Walking with Beatrix Potter: Fifteen Walks in Beatrix Potter Country*. Frances Lincoln, 2007.

Cecire, Maria Sachiko, Hannah Field, Kavita Mudan Finn, and Malini Roy, eds. Introduction. *Space and Place in Children's Literature, 1789 to the Present*. Ashgate, 2015, pp, 1-19.

Cooper, Gilly Cameron. *Beatrix Potter's Lake District*. Frederick Warne, 2007.

Croome, Honor. "*The Fairy Caravan*. By Beatrix Potter." *The Spectator,* vol. 183 (6481), 1952, p. 340.

Dennison, Matthew. '*Over the Hills and Far Away*'*: The Life of Beatrix Potter*. Head of Zeus, 2017.

Eaton, Anne T. "Books for Children." *New York Times,* 22 June 1930, p. BR9.

Fabiny, Sarah. *Who was Beatrix Potter?* Grosett & Dunlap, 2015.

Findlay, W. P. K. *Wayside and Woodland Fungi: Includes Illustrations by Beatrix Potter*. Frederick Warne, 1967.

Frain, Sean. *Beatrix Potter Country: A Cycling, Walking and a Car Tour*. Sigma, 2014.

Green, Graham. *Lost Childhood and Other Essays*. Eyre & Spottiswoode, 1951.

Grinstein, Alexander. *The Remarkable Beatrix Potter*. International UP, 1995.

Habbs, Anne Stevenson. *Beatrix Potter's Art: Paintings and Drawings*. Frederick Warne, 1989.

Heelis, John. *The Tale of Mrs. William Heelis, Beatrix Potter*. Sutton, 2003.

Hill Top, Sawrey. National Trust, n.d.

Hurt, John G., and Edmund Potter. *Edmund Potter and Dinting Vale*. Edmund Potter, 1948.

Jay, Eileen. *Beatrix Potter's Manchester Roots and Armitt Collection*. Beck Publications,1994.

———, Jenny Hall, Museum of London, and Armitt Library. *The Tale of London Past: Beatrix Potter's Archaeological Paintings: From the Armitt Collection Ambleside*. Armitt Trust, 1900.

———, Mary Noble, and Anne Stevenson Hobbs. *A Victorian Naturalist: Beatrix Potter's Drawings from the Armitt Collection*. Frederick Warne, 1992.

Lane, Margaret. *Beatrix Potter's Hill Top*. National Trust, n.d.

———, *The Magic Years of Beatrix Potter*. Frederick Warne, 1978.

———, *The Tale of Beatrix Potter: A Biography*. 1946. Frederick Warne, 1968.

Linder, Leslie. *The Beatrix Potter Papers at Hill Top: A Catalogue of the MS. Miscellaneous Drawings and Papers*. Stroud Ian Hodgkins & Company, 1987.

———, com. *The Linder Collections of the Works and Drawings of Beatrix Potter*. National Book League, 1971.

———, ed. *A History of the Writings of Beatrix Potter: Including Unpublished Work*. Frederick Warne, 1987.

Lear, Linda. *Beatrix Potter:A Life in Nature*. St. Martin's Press, 2007.

Lovell-Smith, R. "Of Mice and Women: Beatrix Potter's Bluebeard Story, *Sister Anne*." *Children's Literature Association Quarterly,* vol. 38, no.1, 2013, pp. 4-25.

MacDonald, Ruth K. *Beatrix Potter*. Twayne 1986.

Masset, Claire. *Beatrix Potter's Hill Top, Cumbria*. National Trust, 2016.

McGeachie, Lynne. *Beatrix Potter's Scotland: Her Perthshire Inspiration*. Luath, 2010.

Miller, Alice. *The Drama of the Gifted Child and the Search for the True Self*. Trans. By Ruth Ward, Farber and Farber, 1983.

Miss Potter. Directed by Chris Nooman, Phoenix Pictures, 2006.

Mitchell, W. R. *Beatrix Potter: Her Lakeland Years*. Great Northern, 2010.

———. *Beatrix Potter Remembered*. Dalesman, 1987.

Norman, Andrew. *Beatrix Potter: Her Inner World*. Pen & Sword History, 2014.

Parker, Ulla Hyde. *Cousin Beatie: A Memory of Beatrix Potter*. Frederick Warne, 1987.

Rolland, Deborah. *Beatrice Potter's Scotland*. Frederick Warne, 1981.

Sale, Roger. *Fairy Tales and After: From Snow White to E.B. White*. Harvard UP, 1978.

Slowe, V.A. *The Art of Beatrix Potter, 1866 -1943*. Abbot Hall Art Gallery, n.d.

Taylor, Judy. *Beatrix Potter: Artist, Storyteller and Countrywoman*. Frederick Warne, 1986.

———. *Beatrix Potter 1866 – 1943: The Artist and Her World*. Frederick Warne, n.d.

———. *Beatrix Potter: A Holiday Diary: with a Short History of the Warne Family*. The Beatrix Potter Society, 1996.

Taylor, Michael A. *A Fascinating Acquaintance: Charles Mcintosh and Beatrix Potter, Their Common Bond in the Natural History of the Dunkel Area*. Perth Museum and Art Gallery, 1989.

West, Mark I. "Repression and Rebellion in the Life and Works of Beatrix Potter." *Psychoanalytic Responses to Children's Literature,* edited by Lucy Rollin and Mark I. West, McFarland, 1999, pp. 129-39.

Whalley, Joyce Irene. *Beatrix Potter's Derwentwater*. Sigma Leisure, c2010.

III．日本におけるビアトリクス・ポター研究参考文献

河野芳英『ピーターラビットの世界へ』、河出書房新社、二〇一六年。
——監修、辻本純一『ポターと英国を旅する』、小学館、二〇一六年。

IV．イギリス歴史、社会、宗教、文化に関する参考文献

Allan, Mea. *The Hookers of Kew, 1785-1911*. Goseph, 1967.

Blunt, Wilfrid, and William T. Stearn. *The Art of Botanical Illustration*. Antique Collector's Club, the Royal Botanical Gardens, Kew, 2000.

Brockway, Lucile. *Science and Colonial Expansion: The Role of the British Royal Botanic Gardens*. Academic Press, 1979.

Bryant, Margaret E. *The Unexpected Revolution: A Study in the History of the Education of Women and Girls in the Nineteenth Century*. U of London, Institute of Education, 1979.

Cooper, Marion R, Anthony W. Johnson, and Elizabeth Dauncey. *Poisonous Plants and Fungi: An Illustrated Guide*. TSO, 2003.

Copleman, Dina Mira. *London's Women Teachers: Gender, Class, and Feminism, 1870-1930*. Routledge, 1995.

Desmond, Ray. *The History of the Royal Botanic Gardens, Kew*. Kew Publishing, 2007.

———. *Sir Joseph Dalton Hooker: Traveller and Plant Collector*. Woodbridge, 1999.

Drayton, Richard. *Nature's Government: Science, Imperial Britain, and the 'Improvement' of the World*. Yale UP, 2000.

Gage, Andrew Thomas. *A History of the Linnean Society of London*. Linnean Society, 1938.

———, and William T. Stern. *A Bicentenary History of the Linnean Society of London*. Academic Press, 1988.

Hepper, F.N. *Plant Hunting for Kew*. H.M.S.O., 1989.

King, Ronald. *Royal Kew*. Constable, 1985.

Lewington, Anna. *Plants for People*. British Museum Natural History, 1990.

Maroske, Sara, and Tom W. May. "Naming Names: The First Taxonomists in Mycology." *Studies in Mycology*, vol. 89, March 2017, pp. 63-84.

Martin, Jane. *Women and the Politics of Schooling in Victorian and Edwardian England*. Leicester UP, 1999.

Pegler, D.N. *Fungi of Europe: Investigation, Recording, and Conservation*. Royal Botanic Gardens, 1993.

Purvis, June. *Hard Lessons: The Lives and Education of Working-Class Women in Nineteenth Century England*. Cambridge UP, 1989.

———. *A History of Women's Education in England*. Open UP, 1991.

Seaward, M.R.D., and S.M.D. FitzGerald, eds. *Richard Spruce (1817-1893): Botanist and Explorer*. Royal Botanic Gardens, Kew, 1996.

Sherwood, Shirley, and Martyn Rix. *Treasures of Botanical Art: Icons from the Shirley Sherwood and Kew Collections*. Kew Publishing, 2008.

Watts, Ruth. *Gender, Power, and the Unitarians in England, 1760-1860*. Longman, 1998.

著者紹介

臼井 雅美　1959年神戸市生まれ　博士（文学）
現在、同志社大学文学部・文学研究科教授
神戸女学院大学卒業後、同大学院修士課程修了（文学修士）、ミシガン州立大学修士課程修了（M.A.）、1989年博士課程修了（Ph.D.）。ミシガン州立大学客員研究員を経て、1990年広島大学総合科学部に専任講師として赴任。広島大学助教授、同志社大学文学部助教授を経て、2002年より現職。

著　書
A Passage to Self in Virginia Woolf's Works and Life（2017年）、三部作*Asian /Pacific American Literature I: Fiction, II: Poetry, III: Drama*（2018年）、『記憶と共生するボーダレス文学— 9.11プレリュードから3.11プロローグへ』（2018年）、『カズオ・イシグロに恋して』（2019年）、『赤バラの街ランカスター便り』（2019年）。

共　著
Virginia Woolf and War: Fiction, Reality, and Myth（1991年）、*Virginia Woolf Themes and Variations*（1993年）、*Re:Reading, Re: Writing, Re-Teaching Virginia Woolf*（1995年）、『梶葉』（1999年）、*Asian American Playwrights: A Bio-Bibliographical Critical Sourcebook*（2002年）、*Across the Generations*（2003年）、『表象と生のはざまで—葛藤する米英文学』（2004年）、『アジア系アメリカ文学を学ぶ人のために』（2011年）、*Literatures in English: New Ethnical, Cultural, and Transnational Perspective*（2013年）、*Virginia Woolf and December 1910: Studies in Rhetoric and Context*（2014年）、『幻想と怪奇の英文学』（2014年）、『幻想と怪奇の英文学II－増殖進化編』（2016年）。

共　訳
『質的研究のためのハンドブック』第1巻、第3巻（2002年）。

趣　味
華道、茶道、書道、和裁、ガーデニング、トレッキングなど。

ビアトリクス・ポターの謎を解く
Unraveling the Mystery of Beatrix Potter

2019年11月20日　印　刷　　　2019年12月10日　発　行

著　者©臼　井　雅　美
(Masami Usui)

発行者　佐　々　木　元

発行所　株式会社　英　宝　社
〒101-0032 東京都千代田区岩本町 2-7-7
TEL 03 (5833) 5870-1 FAX 03 (5833) 5872

ISBN 978-4-269-72153-1 C3098
[製版：伊谷企画／印刷・製本：日本ハイコム株式会社]